133 rue du château

Edouard Lafond

133 rue du château

Roman

LE LYS BLEU
ÉDITIONS

ISBN : 979-10-422-7598-3

Le 1er novembre

Nous sommes le premier novembre, comme tous les jours, je prends un petit café noir au bar de ma rue. Je me trouve rue Raymond Losserand, au bar chez Les Tontons, près de mon nouveau domicile, rue du château. Je dois vous expliquer qu'après l'affaire Durant, nous nous sommes vraiment rapprochés avec Florence. D'ailleurs, depuis plusieurs mois, nous vivons ensemble. Nos appartements respectifs ne nous permettaient pas de le faire, alors après de multiples recherches, nous avons trouvé dans cette rue, le domicile idéal au 133. Nous sommes devenus propriétaires au rez-de-chaussée d'une assez grande surface qui nous permet d'avoir le bureau côté rue et l'appartement derrière. Avec la publicité dont a bénéficié notre agence après l'affaire Durant, nous sommes plus à l'aise maintenant, on peut voir venir et souffler un peu. À ce sujet, les affaires sont devenues de plus en plus nombreuses, et j'ai dû recruter un collaborateur. Et depuis un an, nous nous sommes associés. Il s'appelle Jean Peltier. Je peux vous dire que nous nous complétons assez bien. Toujours plein d'entrain, il est prêt à accepter toutes les contraintes du métier. Bien que débutant dans le métier de détective, il analyse très vite et très bien une situation parfois embarrassante ou grave, avec beaucoup d'à-propos. Je dois dire qu'on s'entend bien, l'humour fait partie de notre vie à tous les deux. Et cerise sur le gâteau, il me fait entièrement confiance quant à ma manière de gérer nos affaires. C'est-à-dire que depuis longtemps, même à la Crim', les délits mineurs m'intéressaient peu, alors que lui, il aime tout ce travail souvent fastidieux où l'on passe des heures en planque à attendre d'avoir la preuve d'un adultère, où ce temps passé, très souvent perdu, tente de rassurer une personne en lui expliquant que son mari ou sa femme qui vient de se faire la malle, l'aimait quand même. Ces recherches-là ne m'amusent plus guère. Je n'éprouve pas ce petit frisson qui dans la seconde me transporte dans un autre monde à la recherche d'une piste pour démarrer une enquête. Chacun a son travail et le mien me laisse pas mal de temps, c'est la raison pour laquelle, tous les matins, je me rends au café Les Tontons rue Raymond Losserand. Depuis le temps je connais le patron et tout son personnel. Je ne commande rien, mais juste après mon arrivée, assis toujours à la même table si possible, un employé m'apporte ma tasse et bien sûr le journal Le Parisien. C'est devenu un rituel entre nous. L'heure est souvent la même à quelque chose près, lorsque vers huit heures trente, la rue se calme, la majorité des gens étant au travail il ne reste plus que les retraités et les écoliers en retard qui courent après leurs bus. Et là assis confortablement je peux suivre mes dossiers et si la lecture est bonne il m'arrive d'enchaîner sur un deuxième café. Mais ce matin-là, le premier novembre, tout fut très différent. J'étais à peine rentré dans le bar que je sentis une atmosphère différente, au lieu du calme habituel, un brouhaha emplissait la pièce et je ne comprenais rien à ce tumulte verbal. Je dus même commander mon breuvage ! J'étais intrigué et je suis allé au bar pour voir et demander au patron, Gilles, la raison de tout ce remue-ménage.

— Mais tu n'es pas au courant ?

— Non, au courant de quoi ?

— Ils ont retrouvé un mec mort dans ta rue.

— Rue du château, ce n'est pas possible ?

— Enfin presque, vers la petite place Moro Giafferi, juste en face du resto italien Giulia. Tu aurais vu tout ce barnum, j'y suis allé jeter un coup d'œil, mais maintenant tout est bouclé, on ne peut plus approcher. Tu devrais aller voir, on ne sait jamais, ils peuvent avoir besoin de toi.

— Je ne le crois pas, s'ils ont une bonne raison pour nous parler, ils viendront directement à l'agence, mais je ne pense pas qu'ils veuillent partager leurs informations avec nous. De toute façon, vous allez tous être interrogés dans le quartier.

— Tu rigoles, on n'a rien vu nous autres.

— Je le sais, mais cela fait partie de l'enquête de voisinage, ils vont essayer de trouver le plus petit indice, tout ce qui peut avoir de l'importance, tout ce qui peut leur servir. Souvent sans le savoir, on peut être le témoin d'un fait que l'on ignore. Dans les bars et les restaurants, patron et personnel sont aux premières loges, avec tout le monde que vous côtoyez, sans y prendre garde, vous entendez de nombreux témoignages et commentaires qui, il faut bien le reconnaître, n'ont aucune valeur pour la police, le plus souvent. Mais c'est sa marque de fabrique de prospecter des informations de cette manière. Bon allez, serre-moi mon café maintenant, tu as le Parisien ?

— Tiens, Georges te l'amène, va t'asseoir.

— OK merci.

— Je veux voir aussitôt si le journal a eu le temps d'imprimer quelque chose. Rien en première page, je cherche dans les faits divers. Je ne trouve rien. La mort a dû se situer tôt ce matin pour qu'ils n'aient pas eu le temps de rajouter cet incident, on verra demain. Je continue ma lecture, ce qui me prend comme tous les jours une bonne demi-heure et puis je rentre au bureau. Florence et Jean m'attendent excités, pensant que j'étais déjà allé voir de plus près les lieux des évènements de la nuit. Mon mutisme leur a fait comprendre qu'il n'en était rien et que ce n'était pas la peine de m'assaillir de questions auxquelles je ne pourrais pas leur apporter de réponses. Bien sûr on en a parlé un peu, mais très vite la vie de l'agence a repris le dessus, et nous mettons au point les différentes parties de notre emploi du temps pour la journée.

— Jean, tu dois te rendre chez Madame Leclerc pour lui remettre les photos qu'elle attend. Explique-lui que je n'ai rien trouvé sur son mari. Que vu le temps qu'il passe à son travail et avec ses copains, il n'a pas vraiment la liberté de vivre une double vie. Le problème vient plutôt d'elle, il n'a pas envie de rentrer à la maison, vu tout ce qu'elle semble lui imposer par jalousie. Tu vois ce que je sous-entends ?

— Bien sûr, je suis arrivé à la même constatation que toi lorsque c'était mon tour de les observer la semaine dernière.

— Annonce-lui tout ça gentiment, mais pas avant que le chèque se trouve dans tes poches.

— Bien sûr, Monsieur, c'est pratique quand c'est les autres qui font la plus mauvaise part du travail.

— Je rigole, fais pour le mieux, comme d'habitude.

— Je me rends chez elle immédiatement, son mari est au boulot.

— Et toi Florence as-tu pu t'occuper des Barbier ? Ils n'ont pas encore réglé leur facture.

— Si, si, je l'ai reçu au courrier d'hier, mais j'ai oublié de te le dire.

— Bien tout roule, alors je vais faire un tour, rien de spécial ?

— Tu vas voir sur place ?

— Peut-être. Même si, de toute façon, je ne crois pas qu'à cette heure il y ait encore beaucoup de flics sur place. À tout à l'heure.

— Tu devrais essayer de joindre Philippe.

— Bonne idée, mais pour l'instant je crains qu'il ne soit encore un peu tôt, laissons-les effectuer leur travail. Non je vais me promener, je trouverai peut-être un de ces petits incidents de vie qui mettent un peu de piment dans mon travail. Je regarde ma montre, il est déjà dix heures. Pour ce qui s'est passé, je ne peux m'empêcher de penser qu'il s'agit certainement d'une mort accidentelle due à un problème de santé, peut-être un infarctus. Le quartier est plutôt tranquille. J'arrête d'y penser, j'en saurais plus demain chez Les Tontons.

— Ma balade fut très agréable, je fus témoin de deux accidents de la route, pour lesquels ma condition de témoin privilégié ne fut pas réclamée. Les Parisiens au volant c'est quelque chose, toujours pressés. Ces deux-là s'en rappelleront maintenant et prendront à coup sûr plus de temps à l'avenir. Je flâne dans les rues proches, je regarde les passants vivre, c'est très instructif et souvent drôle. Dire que nous sommes, sans le savoir comme eux, c'est affligeant. Cet après-midi je ne dois pas oublier d'apporter ma voiture au contrôle technique pour la pollution. Il me faut m'acquitter de la vignette en plus, j'espère avoir encore le droit de rouler dans Paris avec elle, je ne me suis pas encore penché sur ce problème, qu'est-ce qu'ils peuvent nous emm… Pour le peu de temps que je passe au volant, on voit bien que tous ces écolos de dernière minute ne sont pas au fait de nos moyens financiers. Ils n'ont pas les mêmes préoccupations que nous, je vous parle de ceux qui n'ont rien fait durant toutes ces années et qui pensent tout sauver avec ces quelques dernières mesures. Je ne suis pas contre l'écologie, mais elle ne doit pas nous enfermer grâce à des lois trop punitives. Je sais bien que ma voiture est vieille, mais je crois, non je suis sûr que j'abîme moins la planète, que tous ces politiques qui n'arrêtent pas de prendre l'avion ou leurs voitures avec chauffeur en plus, pour parcourir le monde, à une époque où ils pourraient tous se parler en visioconférence. Mais je m'égare, revenons-en à nos moutons. Ah oui, je dois aussi passer chez Monsieur et Madame Dubois. Je sonne, arrivé devant chez eux dans le quinzième arrondissement.

— Bonjour, Monsieur Dubois, comment allez-vous ?

— Très bien.

— Et Madame ?

— Elle vient juste de sortir pour acheter du pain, elle ne devrait pas tarder.

— Ce n'est pas grave, je n'ai pas beaucoup de temps. Voilà, je peux vous assurer que votre fils ne risque rien. Sa petite amie n'est pas avec lui pour lui vider son compte en banque. Je les ai suivis de nombreuses fois et souvent au restaurant c'est à chacun leur tour de régler l'addition. Vous voyez que l'épargne de votre garçon ne risque rien. D'ailleurs les parents de cette jeune fille disposent de gros moyens financiers et j'espère qu'ils ne vont pas comme vous engager un détective privé pour savoir si votre enfant est plus intéressé par leur fortune que par leur fille. Enfin, trêve de plaisanterie, vous n'avez pas de mauvais sang à vous faire. Il n'y a rien à craindre pour le plan épargne de votre progéniture.

— Merci, Monsieur Duflont, cela nous rassure, car dans l'époque où l'on vit, il se passe de drôles de choses, vous savez. Encore merci et pour le règlement de vos honoraires ?

— C'est ma secrétaire qui vous contactera.

— Pas de problème, je vais pouvoir rassurer ma femme. Elle en faisait toute une histoire, encore merci.

— Je vous laisse, bonne fin de journée.

— En rentrant à l'agence, je repensais à ces braves personnes, c'était un peu con, mais touchant de voir leur réaction, protéger leur fils unique devait être le seul but de leur vie. Mais dépenser autant pour pas grand-chose quelle bêtise. Comme s'il n'était pas capable par lui-même de se rendre compte des sentiments qu'éprouvait sa petite amie. Le manque de confiance n'apporte que des ennuis. Eh bien, voilà encore une journée sans grand intérêt. Heureusement que j'ai maintenant Florence à mes côtés, il y a de quoi déprimer.

— Alors as-tu plus de renseignements sur le mort de ce matin ?

— Et non, je ne m'en suis pas occupé. Au fait je suis passé chez les Dubois, tu peux leur envoyer la note.

— Très bien. Et si ce soir nous sortions ? Nous pourrions aller au cinéma.

— Oh, mais c'est une bonne idée. Je propose que nous allions également au restaurant, qu'en penses-tu ?

— Allez, c'est parti, je préviens Jean, il fermera les locaux. Avec tout cet argent qui rentre, on peut bien s'amuser un peu.

— Je suis de votre avis Madame, une veste, un chapeau et je vous suis. Où allons-nous ?

— D'abord le resto, on verra plus tard pour le cinéma. Que dirais-tu de l'Italien en bas de la rue ?

— Chez Giulia ? Très bien, il y a longtemps que l'on n'est pas allé chez lui, leurs pizzas sont délicieuses. Et puis c'est juste à côté. Depuis pas mal de temps, tu voulais toujours découvrir de la nouvelle et grande gastronomie, je commençais à en avoir marre. On ne peut pas se laisser aller, il faut toujours faire attention à ce qu'on dit, ce que l'on fait, donner son avis sur tous les plats servis, sur les vins et puis les serveurs tout autour en permanence, cela commence à m'ennuyer, tu ne trouves pas ?

— J'aime bien être servi avec intérêt, c'est agréable de se sentir choyé, non ?

— Bof je préfère plus de simplicité, allez vient.

— Le garçon de salle vient à notre rencontre et nous le suivons dans la salle vers l'une des dernières tables vides.

— Vous prendrez un apéritif ?

— Qu'est-ce qui te ferait plaisir ?

— Ce soir, je prendrais bien un whisky comme toi, je le suppose.

— Eh bien deux whiskys, s'il vous plaît.

— C'est parti. Je vous apporte la carte.

— Laisse-moi deviner, je parie que tu vas prendre comme d'habitude une Regina ?

— Bien vu et toi ?

— Je crois que je vais me laisser tenter par une campagnarde, avec la crème, je craque, c'est si bon. Demain nous sommes dimanche, j'irai courir, je ne te demande pas si tu viens avec moi ?

— Si tu le sais, pourquoi me le demander. J'adore courir, mais pas en ville, je préfère aller dans un des bois parisiens, ce n'est pas ce qui manque.

— Dis-moi, que penses-tu de ce meurtre ? J'ai vu sur internet qu'il avait été tué par une flèche d'arbalète. Qu'en penses-tu ? C'est original, non ?

— D'abord on ne dit pas une flèche, mais un carreau. Et si on ne peut pas en rire, je me demande quoi en penser. Les faits sont là. J'attends de savoir demain sur quelle piste les flics vont se lancer. Et auront-ils quelque chose à se mettre sous la dent ? Je n'ai pas appelé Philippe, c'est trop tôt. Tout ceci ne me dit rien de bon, je crois bien avoir déjà lu un crime presque semblable.

— Tu penses à quoi ?

— Je ne sais pas si tu te rappelles, mais il y a quelques mois, nous avons connu un meurtre qui s'est déroulé dans les mêmes circonstances. Enfin, peut-être que je vois des choses qui n'existent pas. On devrait vite le savoir.

— Tu te réfères à quoi ?

— Ce n'est pas encore bien net dans ma tête, mais je trouve des similitudes dans ces deux cas, même si je ne peux pas encore te l'expliquer.

— Essaie ?

— Il faut que je me replonge dans l'histoire du premier meurtre, il me semble bien qu'un témoin a découvert le corps au petit matin. Un cadavre dont rien ne laissait supposer qu'il put être mêlé à des affaires louches. La police n'a rien trouvé, aucune piste, rien qui ne puisse expliquer ces faits. Je me rappelle également que cela s'est déroulé vers le métro aérien au début de la rue Lecourbe dans le quinzième arrondissement. La victime avait été étranglée à l'aide d'une cordelette. Autrement dit cela fait deux assassinats pas très loin l'un de l'autre et sans que la police ne puisse trouver le moindre indice. Deux coïncidences pour moi, ça n'existe pas, il s'agit forcément de faits avérés. Je dois me rendre dès demain consulter les archives du journal le Parisien.

— Tout ce que tu me décris là me paraît bien mince. Mais depuis que je te connais, je ne prendrais pas le pari que tu te trompes. Il est vrai que pour ma part je ne vois pas ce qui rapproche ces deux affaires, je te fais confiance. Et puis, je me doute bien que tu dois être aux anges pour quelque temps, d'avoir une raison de déserter ton travail quotidien. Je ne me trompe pas là ? De toute façon Jean s'occupera des affaires courantes.

— Ne m'en veux pas, tu as raison, je le reconnais. Mais avoue quand même que je ne me goure pas souvent.

— Oui, je te l'ai dit, bien que je ne comprenne pas, peut-être que dans quelques jours je serai bien obligé d'admettre que tu avais vu juste.

— Allez, on rentre, tu as toujours envie du cinéma ?

— Non, en fait il aurait fallu y aller avant, surtout que ce soir il fait froid.

— Je suis tout à fait d'accord. Un petit bisou quand même ?

— Oh, je sens que la soirée n'est pas finie, rentrons vite.

— Ah bon, tu penses aussi la même chose que moi ?

— Devine. Ce n'est pas pour cela que tu dois marcher si vite…

Le 9 novembre

Quelques jours se sont écoulés et ce matin il ne fait pas très beau, ciel couvert, encore une journée froide et grise, je déteste tous ces mois de l'automne, Paris sent comme une affreuse odeur d'humidité, vivement les fêtes de fin d'année, c'est la durée que je me donne pour résoudre ce mystère. Oui, à Noël j'espère que tout sera fini.

— Bonjour Gilles, quoi de neuf ?

— J'arrive, Monsieur Duflont.

— Et vous ne croyez pas qu'il serait temps que l'on se tutoie ?

— Bien sûr vous avez raison, je n'osais pas. Je me lance, je t'apporte ton café de suite.

— Je prends le journal.

— Et voilà le café. Depuis la découverte du corps, nous n'en savons pas plus. Il y a bien eu un flic qui est venu, mais il n'était pas causant, et dès qu'il a su que nous étions fermés à l'heure du crime, il a mis les voiles comme s'il y avait le feu dans le bar.

— C'est bien l'impression que je ressens, on dirait qu'il ne s'est rien passé ici, c'est comme tous les jours et c'est peut-être pour cela que nous aimons tant vos petits zincs, c'est réconfortant.

— Bon, je te laisse lire ton journal tranquille.

Je me plonge immédiatement dans sa lecture, je le décortique littéralement page après page, article après article. En première page, je suis immédiatement dans le vif du sujet avec tous les titres des différents sujets traités. Je vois que pour ce qui me préoccupe, la police est affirmative, il s'agit maintenant bien pour elle d'un meurtre. Plus d'une semaine pour en arriver à cette conclusion, bravo, les gars. Je saute les pages politique et économique, pour avoir un peu plus de détails sur mon affaire. Je ne suis pas déçu, je lis : « tué par un carreau d'arbalète, ce qui n'est pas courant, un jeune homme de vingt-deux ans, Sébastien Feuillant a été retrouvé mort place Moro Giafferi dans le quatorzième arrondissement. Son corps fut découvert vers quatre heures trente par Monsieur Raquin Paul qui revenait de voyage à de Roissy Charles de Gaulle. Jusqu'à ce jour nous ne disposons que de faibles renseignements, c'est pourquoi nous prions quiconque pense avoir entendu ou vu un signe qui pourrait aider la police, à prendre contact avec elle. » Je ne peux m'empêcher de penser aux familles, je n'aimerais pas être à leur place. Le choix de l'arme ne semble pas faire partie de la panoplie du tueur appartenant au grand banditisme. Bon, on en sera plus demain, bien que j'en doute. Je continue ma lecture, j'arrive à la rubrique des courses. Je vois que Marc Durant a encore gagné hier à Auteuil. J'aimerais bien savoir comment lui et les de Laroche ont pu sortir de leur drame. Quelle histoire ! je pense souvent à ce gamin, que devient-il ? Enfin, j'arrive aux pages sur le sport. Rien de terrible, c'est toujours pareil, Paris est champion d'automne, faut dire qu'ils ne connaissent aucune concurrence. Ah, voici l'astrologie. Je ne suis pas débile et pourtant je ne peux m'empêcher de lire ces balivernes. Je jette un coup d'œil à la météo, et comme je le craignais, la journée sera maussade, en bon Parisien j'oserai même dire pourrie. Je demande au patron le téléphone et j'appelle Pierre Rolland, le directeur du Parisien. Heureusement que j'ai gardé toutes mes relations en quittant la police, j'ai toujours été en bon terme avec tous ceux qui pouvaient me rendre service. Et aujourd'hui c'était le cas.

— Allo, Monsieur Rolland ? Jacques Duflont.

— Comment allez-vous ? J'ai appris que vous aviez quitté la police, cela me fait plaisir de vous entendre. Que me vaut le plaisir de cet appel ?

— Je me porte bien et cependant j'ai besoin de vous. Il faudrait que je puisse consulter vos archives.

— Il n'y a aucun problème, vous venez quand vous voulez, je préviens la réception de suite, car je suppose que cela est pressé, n'est-ce pas ? Puis-je vous demander ce que vous cherchez ?

— J'aimerais vérifier ce que vous avez écrit sur un meurtre qui a eu lieu il y a quelques mois, la mémoire me fait défaut.

— Ne me dites pas que ceci aurait à voir avec le crime de la place Moro Giafferi.

— On ne peut rien vous cacher, mais je n'ai pas encore trouvé le lien entre ces deux affaires. Pour l'instant je vous demanderais de n'en parler à personne. Je vous promets que si je ne me trompe pas, je vous mettrai au parfum, vous serez largement gagnant, je ne vous oublierai pas, c'est promis.

— Je sais que je peux compter sur vous.

— Vous pouvez. Merci et à bientôt.

— Je repose ma tasse sur le comptoir, je rends le téléphone à Gilles et je file aux locaux du journal. Quel bordel dans Paris, on ne peut vraiment plus circuler avec tous ces travaux, j'en ai marre, oui je ne suis pas le seul, mais comment font les autres pour rester calme. Et voilà, une demi-heure de perdue, ça aurait pu être pire.

— Bonjour, Jacques Duflont, je viens consulter vos archives, il me semble que Monsieur Rolland vous a mis au courant.

— Edgard Boiron, enchanté, je vous attendais. Je vais vous guider, car il n'est pas facile de s'y retrouver dans ces sous-sols pour tomber sur la bonne pièce, suivez-moi.

Je lui emboîte le pas immédiatement, ne voulant pas perdre une minute. Nous arrivons dans la salle des archives, sur les tables trônent plusieurs ordinateurs, pas un bruit malgré la présence de plusieurs personnes, on comprend vite que nous nous trouvons dans le saint des saints pour nos recherches. C'est là que sont stockés tous les évènements qui ont marqué nos vies depuis que ce journal existe.

— Eh oui Monsieur Duflont il n'y a pas très longtemps que nous avons fini d'informatiser toute notre histoire, c'est rassurant n'est-ce pas ?

— Je vous le confirme. Au début et il n'y a pas si longtemps, nous étions obligés de consulter les journaux un par un, cela nous prenait un temps ! On vivait vraiment dans un autre monde, maintenant on gagne des heures, on peut découvrir plus vite ce que nous voulons trouver, et pourtant je me rends compte que ce n'est pas toujours le cas, la preuve, je suis là aujourd'hui. Je dois trouver ce que les autres n'ont pas cherché.

— Je vous le souhaite et je vous laisse. Je suis à l'accueil, si vous avez besoin de quoi que ce soit, appelez-moi au poste un.

— Merci, j'attaque tout de suite, je n'ai pas toute la journée devant moi.

Je quitte mon blouson et je m'installe devant une de ces machines qui, malgré mes réticences, me sera d'un grand secours. Nous sommes le neuf novembre, si je calcule bien les faits qui m'interpellent remontent au mois d'août ou au plus tard au mois de septembre si je ne me goure pas. Mais maintenant que je suis ici, je ne veux rien regretter, alors partons du mois de juillet, je serai plus tranquille. Voyons voir, que s'est-il passé en juillet, deux mille vingt-trois ? C'est vrai, comme si on pouvait oublier le réchauffement climatique, tous les jours en première page, c'est la même chose. J'arrive au tour de France, je le suis depuis mon enfance, c'est les vacances, les bons souvenirs. Bien sûr la guerre en Ukraine encore et toujours, en revanche dans les faits divers je ne trouve toujours rien qui puisse me servir. Mais quel idiot, je m'y prends mal, je ne dois pas lire le journal, la première page me suffit amplement, il est certain que si je lis tout, j'en ai jusqu'à l'année prochaine. Allez, reprends, bon rien de spécial en juillet, attaquons le mois d'août. Eh bien voilà ce que je cherchais, le neuf août, deux mille vingt-trois, je vois écrit noir sur blanc, meurtre de Monsieur Jean Couture. Employé dans une station-service, il rentrait chez lui dans la nuit, il avait remplacé au pied levé un camarade souffrant. Tout ceci s'est passé près du métro aérien vers le départ de la rue Lecourbe. Je vois qu'au fil des jours, le journal en parle de moins en moins, jusqu'à ne plus donner du tout d'information sur cette mort. La seule chose que nous sachions était que la victime avait été étranglée. Ce qui n'est pas la meilleure façon d'éliminer quelqu'un. Cela prend un peu de temps, et pour le faire en pleine rue, il faut être sûr de soi. Enfin, les preuves que sont l'arbalète et le fait d'étrangler dans la rue, ainsi que l'heure où tout se passe, après minuit, et bien sûr, les lieux proches les uns des autres, ne nous apportent que de très faibles indices. Qu'est-ce qui peut bien m'attirer dans ces deux histoires ? En plus le cadavre a été découvert au petit matin par une bande de SDF qui campaient sous le passage du train. Ils n'ont rien entendu et rien vu. Il est évident que là aussi cet homme n'avait que peu de chances d'avoir des relations avec le milieu des truands, des drogués, de la prostitution et que sais-je encore ? Une vie tranquille sans vices cachés, un type tout à fait normal, simple, sans histoire. J'ai trouvé ce que je cherchais, et si j'allais encore plus loin dans ces années, deux mille vingt-trois. Voyons voir le mois de juin. À part le suicide de Lindsay, le barrage détruit en Ukraine, Morandini devant la justice, et la réforme des retraites, je ne vois rien qui puisse m'intéresser. Mais je me prends au jeu et c'est encore parti pour le mois de mai. Je n'en crois pas mes yeux, le neuf mai, un autre meurtre, mais ce coup-ci avec une arme à feu pour changer. Là encore on ne peut pas dire que ce soit l'arme la plus adéquate en pleine ville et de nuit. Mais plutôt le seul moyen où, dans ces conditions, un meurtrier chercherait à attirer l'attention. Akim Azirouf, employé dans un restaurant oriental, tué de deux balles lorsqu'il sortait à la fin de son service de chez « tajines et couscous » vers les environs d'une heure. Là encore, ce n'était pas très loin de chez moi, l'avenue du Maine se situe au bout de la rue du château. Le restaurant fait l'angle avec la rue Maison Dieu. Je vois là, quand même une similitude dans les jours, le neuf novembre, le neuf août et le neuf mai. Un maniaque des chiffres, pourquoi pas ? Et j'en arrive à la même conclusion que pour les deux autres, rien de spécial sur la victime. Une personne appréciée de ses amis et des autres serveurs. Il venait de quitter son service, après minuit. Deuxième coïncidence, le jour et l'heure. Cependant à chaque fois c'est la manière qui diffère. Mais il est déjà midi passé, qu'est-ce que je fais, je vais déjeuner ou je continue ? La curiosité dans notre métier n'est pas un vilain défaut. Un petit régime ne me fera pas de mal, la pizza d'hier était plutôt de bonne taille, alors éliminons… Je remonte encore le temps et je me situe au mois d'avril. Je ne lis rien qui puisse m'aider. La Russie prend la présidence du conseil de sécurité des Nations unies, il y a de quoi rire. La Chine qui s'amuse avec Taiwan, que des guerres dans le monde, décidément l'homme est incapable de vivre en paix avec ses voisins. Il faut toujours que les armes parlent, au lieu de laisser chanter les oiseaux. Et ce sont toujours les mêmes qui pleurent. Dire que je suis resté pour cela, j'espère que mars sera plus intéressant. Tout cela n'est pas encourageant, ce mois comme les autres ne m'apporte rien à part la fin des Jeux olympiques et surtout des guerres, encore et encore, je ne trouve rien pour amener de l'eau à mon moulin. Je tente février et après j'arrête. Gagné, c'était facile, le premier jour, rue de l'abbé Graulhet, un quatrième décès et cette fois à l'arme blanche et toujours dans le même secteur, celui de la rue Lecourbe comme pour le troisième. Autrement dit, je résume, deux de ces meurtres se sont passés dans le même secteur, le deuxième et le quatrième dans le quatorzième arrondissement près de la rue du château et le premier et le troisième dans le quinzième arrondissement près de la rue Lecourbe. Sachant que cette rue est très longue, l'un se situe au début près du métro aérien, et l'autre à la fin. Nous avons quatre armes différentes. À ce moment-là, ça me saute aux yeux, les chiffres des quatre jours forment une date. Le premier février, le neuf avril, le neuf août et le neuf novembre, si je les relie entre eux, cela pourrait vouloir dire : mille neuf cent quatre-vingt-dix-neuf. Serait-ce un hasard ou une date ? L'air de rien cela commence à faire beaucoup de coïncidences. Pour moi, c'est le même tueur. Il me faut maintenant prendre contact avec Philippe pour avoir accès aux procès-verbaux de la police, qui me permettront d'avoir plus de renseignements sur tout ce qui concerne ces affaires, il est l'un de mes soutiens au sein de la police. Je ne peux pas passer au-dessus de lui et contacter son grand patron, le commissaire qui se trouve être mon oncle. Ce que j'ai caché à tout le monde pour ne pas faire jaser quand je faisais partie de la maison. Il reste un ami pour moi, il m'a déjà bien aidé, il y a plus de deux ans pour l'affaire Durant. J'appelle Florence pour la rassurer, car je ne suis pas rentré à midi et ensuite je prends contact avec Philippe.

— Florence, je suis toujours dans les locaux du Parisien, je crois que j'avance à grands pas. Déjà je suis maintenant sûr qu'il s'agit bien du même tueur. Je t'expliquerai tout cela en rentrant de vive voix, je dois appeler Philippe, j'ai encore besoin de son aide, il me manque encore des éléments. La police ne divulgue jamais tout ce qu'elle connaît à la presse, elle en garde toujours sous le coude. Je me dépêche de l'appeler, je te laisse, attends j'oubliais, je t'embrasse.

— Si je peux en placer une, ici aussi tout va bien. Je t'embrasse aussi. Pense à prendre du pain. À tout à l'heure.

— Allo, Philippe ?

— Oui, tu m'as l'air bien énervé. Que t'arrive-t-il ?

— Il faut que tu me rendes service encore une fois.

— Je me demande pourquoi tu as quitté la police ?

— Je dois te voir rapidement. Il faut que nous parlions. Je peux peut-être vous aider pour le meurtre de la rue du château et pour les autres.

— C'est vrai qu'il s'est passé près de chez toi. Mais rassure-moi, il n'y a eu qu'un mort ?

— Oui, mais ce n'est pas le sujet ni le plus important, quand peut-on se voir ?

— Aujourd'hui, ce n'est pas possible, je pars à la campagne, j'accompagne les stups. Nous allons nous occuper d'un réseau dans les Yvelines. On travaille soi-disant ensemble, c'est le patron qui nous l'impose, mais je ne sais pas qui, lui a imposé ceci, plus haut, dans tous les cas on n'a pas le choix. Je suis déjà en retard avec toute mon équipe, je te rappelle ce soir ou demain, OK ?

— Oui merci, je ne suis pas à une journée prêt. Fais gaffe à toi.

C'est toujours comme ça, c'est un peu la raison qui est à l'origine de mon départ de la police, on ne peut jamais être à cent pour cent sur une affaire, souvent d'autres amis prennent le relais et on nous charge d'une autre mission. C'est toujours un fait plus important qui nous empêche de finir notre enquête et par conséquent de perdre du temps. Et puis il faut que la population nous voie sur le terrain, l'opinion publique doit entendre parler de nous, il faut faire du chiffre, c'est la politique. Décidément je m'aperçois que rien ne change. Que puis-je faire à part me morfondre dans mon bureau ? Eh oui il ne me reste plus qu'à rentrer à la maison et puis non, je vais aller marcher. Je ne suis pas très loin du parc de Passy. Lorsque je marche, j'arrive à mettre mes idées au clair, je peux remettre en ordre toutes les informations, tous les faits que j'ai pu absorber durant tous ces jours. Cela me permet de mieux aborder une affaire complexe comme celle qui s'est imposée aujourd'hui, car il ne faut pas non plus s'emballer, il nous faut respecter le fait de garder du recul sur ce que l'on croit comprendre, être spectateur de ce que l'on vit. Justement c'est le cas dans Paris, avec toute cette circulation, je ne risque pas de connaître ce problème, j'ai le temps de réfléchir. En ce début d'après-midi, il faut prendre son mal en patience, il me paraît possible que tous les Parisiens se soient donné le mot pour me ralentir. Pour passer le pont de Bir Hakeim, je ne dois pas être pressé. Cool, j'ai tout mon temps et si je me faisais un burger, cette envie me vient en passant devant l'enseigne de Burger King. Heureusement je trouve une place libre, sinon couic, encore un repas sauté.

— Bonjour, je vais prendre un burger simple.

— C'est tout.

— Non avec un coca, s'il vous plaît.

Je vois la serveuse s'activer, elles n'ont pas beaucoup de temps pour servir le client, tout est calculé, minuté, je n'aimerais pas travailler dans ces conditions, mais je dois reconnaître que c'est efficace, je suis servi le temps de le dire. Je le mange sur place, cela fera moins de saleté dans la voiture et puis boire en conduisant n'est pas bien indiqué. Une fois rassasié, je reprends ma route sur le boulevard du président Kennedy, je prends la rue d'Ankara et voilà le parc à ma droite. J'aime bien cet endroit, il n'est pas très grand et dans l'après-midi souvent il est peu fréquenté. Eh bien cela fait du bien de ne plus entendre que le chant des oiseaux, le calme me fait du bien. J'entends les cris de quelques jeunes enfants, mais ce n'est pas dérangeant, cela me rappelle mon enfance lorsque nous nous jetions littéralement dans la cour de récréation avec mes camarades, c'était le bon temps comme on dit. Mais j'en reviens à mon affaire. Déjà plus d'une semaine et bientôt il n'y aura plus aucune évocation du meurtre, pour le journal il faudra passer à autre chose, et je crains qu'il en soit de même pour la police. Je n'aime pas attendre et pourtant il le faut bien. Profitons de cette promenade fort agréable, je dois rentrer à la maison avant les embouteillages.

— Alors, as-tu vu Philippe ?

— Non, il n'était pas libre cet après-midi, une affaire de drogue. On doit reprendre contact ce soir ou demain, j'ai hâte.

— Peux-tu me rappeler ce qui t'amène à penser que ces crimes sont l'œuvre d'une même personne ?

— J'ai trouvé aux archives du Parisien quatre homicides. Un tous les trois mois. Les moyens employés ne sont jamais les mêmes, mais ils sont, vu les lieux où ils se déroulent, étranges. D'abord pour les quatre, l'heure semble toujours identique, cela se passe toujours en pleine nuit. Ces endroits se ressemblent, car l'action se déroule à des intersections de rue, ce qui offre une fuite plus facile. Je t'ai également déjà parlé du chiffre qui se dégage lorsqu'on les réunit, mille neuf cent quatre-vingt-dix-neuf, ce qui m'apparaît être une année, ici suggérée. Et aucune revendication ne vient pour nous permettre de comprendre les raisons qui poussent l'assassin. Est-ce que cela te suffit ?

— Je vois bien où tu veux nous emmener, mais je trouve que tes informations sont encore un peu faibles.

— Je sais aussi qu'un témoin, celui qui a retrouvé le corps du jeune homme, s'appelle Raoul Raquin. Mais tu as raison, tout ceci est peut-être encore flou, mais à part le choix des armes, le tueur ne touche jamais à ses victimes, il ne peut pas être question d'un fou, je ne le crois pas. Bientôt je vais en savoir plus, si j'obtiens le droit de consulter les dossiers de la police sur ces différentes affaires. Je sais qu'il y a forcément un lien qui relie tout ça.

— Tu sais bien, je te l'ai déjà dit, j'ai confiance, mais là je te trouve bien téméraire, tu es si sûr de toi. Nous devrions inviter Philippe un de ces soirs, il y a longtemps qu'il n'est pas venu à la maison.

— Je vois, tu veux avoir une autre approche, celle de la police ? Mais je lui dirais. Rien de nouveau à l'agence ?

— Non, la routine. Au fait, Jean aimerait bien que tu le mettes un peu au courant de ce que tu fais, je l'ai senti tout à l'heure, il n'ose pas t'en parler, mais je vois bien qu'il attend que tu lui parles. Il s'occupe surtout des affaires les moins intéressantes, alors que vous êtes associés, ne l'oublie pas.

— Je le sais, mais pour le moment personne ne m'a demandé de m'en occuper. Il n'y a pas d'affaires pour notre entreprise. Mais j'y repenserai en temps voulu. Et toi tu ne pourrais pas fouiner, tu le fais si bien… Tu es la reine d'internet. Essaie de me trouver quelque chose de sur ce Raquin, tu veux ?

— Je n'attendais que ça. Merci patron. Pour l'instant je vais à l'appartement, je vais préparer le repas de ce soir.

— Fais léger, je n'ai pas très faim.

— Ça tombe bien, moi non plus.

— Je reste encore un peu, j'attends Jean, je vais lui parler et lui expliquer que pour le moment nous n'avons pas de commanditaire et je viens aussitôt. On dîne vite et un bon film sûr Netflix, ça te va ?

Le 10 novembre

La journée s'annonce bien, ce matin, un soleil lumineux, température assez fraîche, mais peu d'humidité dans l'air, tout ce qui peut nous apporter de la joie. J'entre chez « Les Tontons » et je m'installe à ma table.

— Ça va Gilles ?

— Tiens voici le Parisien, je te fais ton café.

— Merci.

— Je m'en doutais, plus rien, pas une ligne sur notre affaire de la rue du château, comme l'appelle le journal. J'y pense, je dois téléphoner à Philippe.

— C'est toi ?

— Qui veux-tu que ce soit ?

— Tu es où ?

— J'arrive près de ton quartier général, commande-moi un café, avec deux sucres.

— Gilles, peux-tu me faire un autre café ? S'il te plaît.

— Enfin te voilà, ma patience a de très petites limites.

— Bonjour, j'ai préféré venir le plus vite possible, je te connais. As-tu réussi à dormir cette nuit ? Quand tu as une idée en tête, on ne peut pas l'ignorer. Ta voix est explicite, tes gestes aussi.

— Je le sais, je ne peux pas me refaire, l'essentiel est que tu sois ici.

— Comment s'est passée ta journée d'hier ? Vous avez réussi ? La drogue c'est toujours délicat, ils sont tous à moitié fous, ils tirent sur tout ce qui bouge.

— Du bon travail, tout s'est déroulé comme prévu. Nous avions été mis au parfum par un indiqué qu'une transaction devait avoir lieu près de Rambouillet. Le jour et l'heure nous ont été donnés grâce à la saisie du portable d'un petit voleur pris en flagrant délit. Il fut vite établi qu'il ne faisait pas que commettre des petits larcins, mais qu'il était aussi un dealer exerçant au sein d'une fine équipe que les stups voulaient serrer depuis longtemps. On les a prévenus et donc ensemble nous sommes allés au rendez-vous. Nous avons réalisé là une très bonne prise, on ne s'attendait pas à autant. Deux cents kilos, tu t'en rends compte ? Tu verrais le patron, il est aux anges, monsieur entrevoit déjà son avancement. Il rêve de devenir le calife à la place du calife, tu le connais.

— Et toi si je comprends bien, il te faut attendre qu'il monte aussi en grade, pour pouvoir toi aussi bénéficier d'un avancement que je trouverai bien normal, c'est bien ça ?

— Eh oui cela se passe ainsi dans l'administration, il n'y a pas que le mérite, il faut aussi de la chance. Mais je ne suis pas là pour parler de moi, quand je te vois trépigner de la sorte, je devine qu'il est temps de te donner ce que tu attends, allez, raconte-moi.

— Tu te doutes bien que je me suis intéressé à ce meurtre dans ma rue. Je ne pouvais pas laisser passer une chance pareille. Aujourd'hui j'ai compris que vous êtes passé à autre chose. En revanche, le pauvre petit détective que je suis depuis le premier novembre n'a pas arrêté. Ma conclusion, je te la donne, le meurtrier n'a pas commis que ce crime, mais plusieurs meurtres sont de son fait. Ce n'est pas un psychopathe qui agit par pulsion. Je sais que je n'ai pas encore la raison de tous ces homicides, je la trouverai bientôt et avec votre aide. J'ai relié quatre assassinats pour l'instant qui pour moi ont de nombreux points communs. Les lieux et leurs dispositions géographiques, l'heure qui est pratiquement toujours la même, les armes utilisées qui ne correspondent pas à celles que l'on pourrait penser être les plus appropriées pour ce genre d'actions. Je suis sûr de ne pas être loin de la vérité, il me faudrait juste avoir accès à vos procès-verbaux et à vos dossiers complets. Je sais que vous ne donnez pas la moitié de vos informations à la presse. Par exemple, qu'est-ce que monsieur Raquin, le témoin du quatrième homicide faisait sur les lieux à cette heure-ci ? Vous avez beaucoup plus de données sur ce qui s'est passé, ne me dis pas l'inverse. Il me manque toutes ces petites précisions.

— Jacques, tu te moques de moi, tu sais mieux que quiconque qu'il m'est impossible de te donner ce que tu me demandes, tu as fait partie de la maison. Si cela vient aux oreilles du patron, je suis muté dans la seconde à la circulation, je suis cuit.

— Je le sais. Je ne te demande pas de faire cela en douce, j'aimerais juste que tu lui demandes de me donner l'autorisation de jeter un coup d'œil. J'en sais assez sur lui, beaucoup de points obscurs qu'il n'aimerait pas voir divulguer. Obtiens-moi un rendez-vous, je me débrouillerai avec lui. Tu n'es pas obligé de lui parler de l'affaire, demande-lui simplement de me recevoir un moment, je ne te mêlerai pas à tout ceci. Tu as ma parole. Je ne te le demanderais pas si ce n'était pas très important, j'ai déjà essayé de le joindre sur la ligne officielle, mais sa secrétaire fait barrage. Et je veux qu'il y ait une trace, s'il arrive un problème, je serais couvert.

— Écoute, je vais essayer, mais je ne te promets rien. Tu les connais tous.

— Au fait, Florence me demande quel soir te conviendrait pour un petit dîner entre amis ? Avec tout l'intérêt qu'elle te porte, je vais finir par être jaloux.

— Pourquoi tout cet intérêt ?

— Elle n'arrête pas de me dire de t'appeler pour avoir ton avis.

— Arrête de me charrier, tu n'as vraiment rien à craindre, bien que j'éprouve beaucoup d'amitié pour elle et pour toi.

— Que dirais-tu de samedi soir ?

— Parfait. Comme chez toi l'apéro dure, il me faudra bien un dimanche pour m'en remettre. Je te tiens au courant et pour la suite, si ça marche, n'oublie pas de me mettre au parfum, cela me servira toujours.

— Bien sûr, je comptais le faire.

— Et me parleras-tu des dossiers que tu sembles posséder sur le patron et sans doute sur beaucoup d'autres.

— C'est encore un peu tôt. Tu n'es qu'inspecteur en chef, oui, mais quand même !

— À partir de maintenant, je suis bloqué tant que je n'ai pas la permission d'entrer aux archives de la police, je ne peux plus rien faire pour avancer. La journée va être longue, hier j'ai pu avoir une bonne discussion avec Jean, nous avons mis les choses au point. Il a très bien compris et cela évite des tensions qui n'ont pas lieu d'être. Ce qui ne l'a pas empêché de me faire remarquer que je ne travaillais pour rien sinon pour la police. Je lui ai expliqué comment je comptais m'y prendre pour remédier à ce problème. J'espère trouver rapidement une personne, parmi les familles des victimes, qui saura me faire confiance et ainsi, qui me priera de me charger de trouver le meurtrier en rémunérant mon travail. Mais Jean a raison, dès que je donnerai mes informations au commissaire de police, je perdrai mon avance sur eux, mais il me faut bien perdre des billes pour gagner finalement la partie. Il ne faudrait pas qu'il pense m'éliminer trop vite pour s'approprier la réussite que lui amèneront toutes mes investigations. Je sais tout cela, mais je n'ai pas le choix. Je rentre au bureau.

— Florence, est-ce qu'il y a encore un peu de café ?

— Pourquoi, je te croyais au bistrot chez Les Tontons. Fais attention, ce n'est pas très bon pour la santé d'en prendre trop, je trouve que depuis quelques jours tu exagères.

— Tu as raison, je ne sais pas quoi faire. J'ai parlé à Philippe, pourra-t-il m'aider ? Sans lui je suis coincé.

— Mais qu'est-ce que tu me racontes ? Pourquoi ne téléphones-tu pas à ton oncle ? Cà ne serait pas plus simple ? Je ne comprends pas pourquoi tu veux à tout prix passer par ton ami.

— Je veux que Philippe continue de croire que je n'ai aucune relation avec le commissaire, il ne faut pas qu'il sache maintenant mes liens de parenté, c'est un peu tard. C'est mon oncle qui me l'avait imposé, il ne voulait pas que l'équipe croie que je pourrais être privilégié par rapport à eux. C'est à lui de leur dire, tu ne le penses pas ?

— Je n'en sais rien. Que veux-tu, tout est compliqué chez vous.

— Je vais aller courir au bois de Boulogne, ceci va me faire du bien, tu es d'accord ?

— Oui, vas-y vite, je préfère te savoir là-bas que de rester dans mes pattes à te morfondre.

— Tu m'en veux ?

— Mais non, comment te le dire, tire-toi.

— Mais comment tu me parles, jamais encore tu ne l'avais fait, tu ne m'aimes plus ?

— Arrête, je vais vraiment m'énerver.

— Tu n'as pas d'humour. Non, ne me frappe pas, je pars.

Voilà je repasse le pont de Bir Akeim, mais à cette heure pas de problème, c'est plus tranquille, le seizième arrondissement vers neuf heures quinze n'est pas le plus peuplé, j'y suis. C'est commode de pouvoir faire ce que l'on veut quand on le désire, il n'y a plus de barrières. Je passe devant l'ambassade de Russie près du boulevard Lannes à la porte de la Muette, je prends à droite la rue du même nom et je me gare au bout, près de la SEP. Il ne faut pas que je réfléchisse trop, je ne marche pas, je courre et c'est parti. Au bout de trois quarts d'heure, je m'aperçois que ma condition physique en a pris un coup. Je souffle comme un âne et j'ai un mal de jambes, je ne vous explique pas. Qu'est-ce que ça va être demain ? Je suis obligé d'arrêter, je vais marcher. Je suis fatigué, je peux même dire épuisé, mais qu'est-ce que ça fait du bien. Je dois me débrouiller pour remettre çà plus souvent. Premier avantage le temps passe plus vite et deuxième avantage on se vide la tête, on oublie tout. Un tas d'autres pensées nous envahit et le cerveau n'arrête plus de travailler. Mais cela ne dure pas. Je n'ai pas encore de nouvelles de Philippe, quand va-t-il oser parler au big boss ? Le connaissant, il ne servirait à rien de lui mettre trop de pression. Je repense que j'ai aussi oublié de dire à Florence qu'il venait dîner samedi soir. Vite, je l'appelle.

— Florence, Philippe vient dîner samedi soir.

— Heureusement que tu me le dis. Il me semble que je t'ai trouvé quelque chose, je dois vérifier s'il s'agit bien de la même personne, ce que je pense.

— De qui me parles-tu ?

— De Raoul Raquin, le témoin, celui qui a découvert le corps du petit Feuillant. Il n'habiterait pas très loin de chez nous, au vingt-six rue Edouard Jacques. Tu attends avant de débarquer chez lui, je ne suis pas sûr à cent pour cent.

— Je rentre, continue et je verrais sur place. C'est au-dessus ou au-dessous de chez nous.

— En dessous, à gauche de la pizzeria Giulia, d'ailleurs le vingt-six est pratiquement à côté de celle-ci.

— OK, j'arrive, enfin à cette heure, je pense, en avoir pour un peu plus de temps qu'à l'aller.

— Tu veux déjeuner ?

— Non, prépare-moi un sandwich, s'il te plaît, ça ira bien.

— Que de temps perdu encore dans les embouteillages, il faudrait qu'un jour j'essaie de me rappeler que l'on ne peut pas circuler comme on veut dans la capitale. J'arrive à l'agence, mais dans l'état où je suis, il est impératif de prendre une douche, je file donc d'abord à l'appart. Je sais que Florence aura tout préparé. Me voilà tout propre, j'entre dans le bureau.

— Alors Madame, pouvez-vous confirmer ce que vous m'avez laissé entendre ?

— Oui, il s'agit bien du même, il n'y a pas de doute. Il travaille à la BN Paribas. Il est mentionné dans les gros postes. Il est très souvent en déplacement, presque toujours l'Asie. Hong Kong, généralement.

— Super, je vais de ce pas aller voir s'il est chez lui.

— Et tu comptes lui dire quoi ? Que c'est de ton propre chef que tu as décidé de reprendre cette enquête. Réfléchis un peu, tu n'as aucun droit d'agir de la sorte. Il pourrait mal le prendre et prévenir tes copains. À ce moment-là, tu pourras dire adieu aux informations que tu attends. Ton oncle t'en sera certainement redevable.

— Je crois que tu as raison, que deviendrais-je sans toi ? J'attends jusqu'à demain, nous serons le 11 novembre, il sera sûrement chez lui. Allez viens, on se fait nos sandwichs, as-tu pensé à un petit verre ?

— Bien sûr.

— Tu es parfaite.

— Je le sais.

— Et modeste.

— Tu as entièrement raison, on voit que tu me connais bien.

— J'ai oublié tout à l'heure mon ordi dans l'appartement, je vais le chercher.

— Jacques. Viens là…

— Oui.

— Téléphone pour toi, ça a l'air sérieux.

— Je le prends. Allo ?

— Je suis bien chez Jacques Duflont ?

— Tu croyais m'avoir ? Que tu t'amuses au détriment de Florence, sa passe, mais pas avec moi. Alors comment va mon cher oncle ?

— En pleine forme. Mais que t'arrive-t-il ? Philippe m'a demandé expressément de te joindre. Il n'a pas voulu m'en dire plus, j'ai pensé que tu avais des soucis ou que tu étais malade, voilà pourquoi je t'appelle.

— Non, tout va bien chez nous. Puis-je passer te voir ? Je t'expliquerai de vive voix, se sera plus facile pour moi. En tout cas, sache que cela concerne le boulot, Monsieur le Commissaire.

— Passe quand tu veux, je t'attends.

— Je pars immédiatement, si tu as un problème entre temps, préviens-moi, à tout de suite.

— Monsieur, où allez-vous ?

— Je viens voir le commissaire Laurent, nous avons rendez-vous.

— Premier étage, à droite, au fond et à gauche, il vous attend.

— Merci.

— Je frappe et il me prie d'entrer, je me croirai des années en arrière.

— Tu ne changes pas, c'est drôle comme tu peux ressembler à ton père.

— Comment va tante Elisabeth ?

— Elle non plus ne change pas, je ne te raconte pas, ma vie est un enfer…

— Arrête tes bêtises, ce n'est plus de ton âge.

— Alors, raconte-moi ton histoire, de quoi s'agit-il ?

— Tu n'as pas oublié le meurtre qui s'est passé dans ma rue il y a une dizaine de jours ?

— Bien sûr que non. On n'a rien trouvé, c'est l'impasse totale. Ce n'est pas la première fois, on passe pour des guignols.

— À ce sujet, comme j'avais le temps, je me suis permis de me pencher sur cette histoire. Je crois avoir découvert qu'elle correspond à d'autres affaires non élucidées. J'ai cherché dans les archives du Parisien, et je me suis rendu compte qu'il existait des similitudes entre plusieurs de ces homicides. Maintenant il n'y a plus que vous qui puissiez m'aider à trouver ce qui me manque, il me faudrait pouvoir consulter vos dossiers sur tous ces actes fous. Ainsi je pourrais, et j'en suis sûr, trouver les indices qui me manquent.

— Ce que tu me demandes là n'est pas très orthodoxe. Tu n'ignores pas que ne faisant plus partie de la maison, il ne te sera pas possible de mettre ton nez dans nos dossiers.

— Je sais très bien tout cela. Je sais aussi que tu attends avec impatience la direction générale de la police, si je ne fais pas erreur. Réussir à trouver un tueur en série t'aiderait certainement dans cette quête. J'ai appris la réussite de votre coup de main avec les stups, la saisie record, et imagine la capture d'un dangereux criminel, cela conforterait tes envies, tu gagnerais sur tous les terrains. Il te suffit d'envoyer Philippe les chercher et de lui dire de me les apporter. Je ne vais pas le chanter sous les toits, personne ne sera au courant. Et je pense en avoir besoin que pour quelques jours. Il me faut me trouver une légalité pour continuer mes recherches. Je suis sûr que dans les familles des victimes, il y en aura bien une qui me demandera de les aider. Et mon statut de privé me permettra davantage d'intervenir en leur nom. C'est moi qui travaille et c'est vous qui récoltez les lauriers. Rappelle-toi l'affaire des Durant, je ne vous ai pas fait d'ombre, au contraire.

— Je te comprends, mais alors dis-m'en un peu plus.

— Tous ces meurtres se sont déroulés à la même heure, dans ces lieux qui se ressemblent dans leur topographie et avec des armes qui ne correspondent pas du tout avec la rue. As-tu déjà vu quelqu'un tué avec comme arme, une arbalète et étrangler sa victime en pleine rue.

— Tu penses qu'il s'agit d'un fou ?

— Non pas du tout. Tout est résonné, il me semble qu'il nous donne même des indices volontairement, je ne sais pas encore, si les chiffres qui correspondent au jour des meurtres, sont la date pour une année qui semble très importante pour lui. Allez, laisse-moi voir ces documents.

— Tu gagnes toujours, tu arrives à tes fins, je dois être trop gentil avec toi, c'est pour cela que je ne voulais pas que tout le monde connaisse notre lien de parenté, tu comprends ?

— Je le sais, même à Philippe, je ne l'ai jamais dit, je lui fais croire que j'ai des informations gênantes sur toi, que je te tiens.

— Ce n'est pas malin.

— Oui, mais cela m'amuse beaucoup.

— Bon, ne perds pas de temps et donne-moi de tes nouvelles plus souvent, je veux suivre de près cette enquête.

— Merci, tu ne vas pas le regretter.

— Ah, je voulais te dire, il paraît que ta nouvelle amie est plutôt sympa, qu'attends-tu pour venir nous l'a présenté ? Ta tante serait contente, depuis le temps qu'elle essaie de te caser. Elle commençait à désespérer.

— Dès que tout sera fini, on viendra, promis. Tu n'oublies pas de faire le nécessaire ?

— Oui monsieur. Je t'embrasse, allez va-t'en.

— Tchao.

— C'est génial, je suis sur un petit nuage, excité comme une puce. Il faut que ces papiers me soient vite remis, je ne vais pas pouvoir tenir longtemps. Demain est un jour férié, il me faut absolument les avoir ce soir, je préviens Philippe.

— Allo, c'est moi, as-tu eu le commissaire ? C'est OK.

— Je le sais, qu'est-ce que tu es pressé. Il a juste oublié de te dire que je ne suis pas au bureau, je me trouve sur le terrain. Demain tu n'as pas oublié qu'il y avait dans Paris un évènement, il s'appelle le 11 novembre, ça ne te rappelle rien ?

— Ne me dis pas que tu participes aux célébrations.

— Et si, tu l'as fait toi aussi. Je suis rattaché pour la journée auprès du Premier ministre en cas d'évènements extraordinaires. En ce moment avec tout ce qui se passe, ils sont sur les dents. Je t'amènerais les papiers samedi soir, ça te va ? Je ne peux vraiment pas faire autrement.

— On n'a pas le choix. Passe une bonne journée, j'espère qu'il ne fera pas trop froid, tu verras comme la journée paraît longue et chiante. Je voulais te demander, comment as-tu fait pour retourner le commissaire aussi vite ?

— C'est une longue histoire que je te raconterais plus tard, n'y pense plus, alors à samedi soir.

— OK.

L'adrénaline était montée si haut que j'ai quand même du mal à accepter ce retard, mais il faut bien que je m'y fasse, c'est la vie. Et puis je sais où habite Raquin, je ne vais pas attendre plus longtemps. Il faudrait que Florence me trouve une photo de l'individu, en me postant près du resto « Giulia », j'aurais peut-être la chance de le voir et de l'aborder l'air de rien. En attendant, je rentre au bureau. Il va falloir m'occuper, et si on allait au cinéma ?

— Florence, ça te dirait d'aller voir un film ?

— Oh toi, je vois que tout ne s'est pas déroulé comme tu le voulais.

— Si, mais il faut que je patiente jusqu'à ce soir, je ne peux pas avoir les documents avant.

Le 11 novembre

— Dis, tu te lèves ?

— Pourquoi ?

— J'ai faim, si tu étais gentil, tu irais chercher des croissants et du pain frais.

— C'est toujours moi, ce n'est pas juste.

— Et ne passe pas chez « Les Tontons », on déjeune et après tu iras faire ton tour.

— Allez, je prépare le café, fais vite.

— Je lui dois bien cela. Le film d'hier n'était pas mauvais, une bonne comédie, cela détend toujours et le temps passe encore plus vite sans qu'on y prenne garde.

— Tiens je t'ai pris une baguette viennoise, elle est encore toute chaude.

— J'adore les jours fériés. Quel bonheur de traîner au lit. Au fait, est-ce qu'il aime la paëlla Philippe ?

— Je le pense, il n'était pas difficile quand nous déjeunions avant tous les deux. Tu sais, à force de vivre seul, se nourrir n'est sans doute pas son unique problème.

— C'est vrai ce que tu dis, on ne lui connaît pas d'amie. Avant avec toi, c'était déjà comme ça ?

— Oui, il est très pudique, il ne parle jamais de sa vie privée.

— Tu ne penses pas qu'il aurait des choses à cacher ?

— À quoi tu fais allusion ? Je te vois venir. Et quand bien même, ce ne sont pas nos affaires. Mais tu as raison, souvent cette idée m'a traversé l'esprit.

— On parle bien de la même chose ?

— Qu'il soit gay, c'est cela.

— Oui, parce que je me dis que s'il vit avec quelqu'un, ce serait stupide de ne pas le savoir. Regarde, il vient dîner ce soir seul, s'il a un ou une amie pourquoi ne viendraient-ils pas tous les deux ? C'est idiot, j'espère que ce n'est pas le cas, ce serait trop bête de nous le cacher.

— Souvent j'ai voulu lui en parler, mais je n'ai jamais trouvé les bons mots, je craignais qu'il ne croie que je voulais m'immiscer dans sa vie par curiosité malsaine. Je me suis dit que s'il ne m'en parlait pas, c'est qu'il avait de bonnes raisons de le faire. Pour lui ce ne doit pas être encore le bon moment.

— Depuis le temps, il devrait pourtant avoir confiance en toi, tu ne le penses pas ?

— Je ne sais pas, je l'espère. Bien que les choses aient évolué, dans la population comme dans la police, tu vois bien tous les jours que tout ce qui sort de la norme, comme les homosexuels par exemple, ça n'ait pas encore accepté de tous, il y a encore beaucoup de cons.

— Dès que l'on est différent, on ne sait pas ce qui peut arriver. Sur ces bonnes paroles il est temps que je puisse aller lire mon journal. Il n'y a pas de repos pour les braves. Je n'en ai pas pour des heures.

— C'est cela, comme si je ne te connaissais pas. De toute façon, prends tout ton temps, j'ai pas mal de choses à faire. Je dois aller faire les courses pour ce soir.

— Pourquoi, tu n'as rien prévu, nous sommes le 11 novembre, la plupart des magasins sont fermés.

— Ne fais pas cette tête, je te fais marcher, tout est prêt. Il me manque juste deux ou trois bricoles.

— J'ai bien entendu, bonne matinée.

— Quel métier mon pauvre Gilles, toujours sur la brèche, pas de repos, même les jours fériés.

— Et non, et tu ne sais pas à quel point, certains arrivent même avant l'ouverture, ils poirotent devant la boutique. Je suis gêné quand j'ouvre, ils me regardent comme si j'étais responsable de leur attente. Pourtant nos horaires sont en première ligne, personne ne peut ne pas les voir. Et tiens-toi bien, la plupart du temps, ce sont des retraités, alors qu'ils possèdent toute la journée devant eux. Si je les écoutais, il faudrait que j'ouvre encore plutôt, comme si on se croisait les pouces. Va prendre ta place, j'arrive.

J'adore ce moment ou assis, je peux regarder et entendre la clientèle des lieux, j'entre un peu dans leur intimité sans qu ils puissent sans apercevoir. Plus ils sont nombreux et plus ils parlent fort, comme si le bruit leur donnait le droit de le faire. J'en conclus donc que moi aussi j'ai le droit de les écouter. Tous les sujets sont traités, la politique bien sûr, ils récrivent l'histoire, refond le monde, le sport ne semble attendre que leurs solutions, ils pourraient être à coup sûr, entraîneur de la grande équipe, au bar ils sont les rois du monde. Pourtant s'ils prenaient le temps de s'écouter, ils auraient peur. Leur vie privée étalée au grand jour, et leurs discussions ne les présentent pas à leur avantage. Mais j'aime ces moments volés sur la vie des autres. Et puis toutes ces journées de presque hivers dans cette salle autrefois enfumée me paraissent plus chaudes, plus douces. Cette atmosphère, on ne la retrouve nulle part ailleurs. Dans le journal je lis que cela fait cent cinq ans que ce jour est célébré, mais que cela ne fait que cent ans juste qu'on allume la flemme du soldat inconnu, et qu'aujourd'hui il y aura une cérémonie de plus vers dix-huit heures. Mon pauvre Philippe, sa journée sera bien remplie. Comme il n'est pas trop tard, je vais aller rue Edouard Jacques. Habitant juste à côté, je n'y ai presque jamais mis les pieds, pourtant il y a peu de jours et bien d'autres fois aussi, où nous avons Florence et moi dîner chez Giulia, la pizzéria qui fait l'angle. Je prends à gauche et immédiatement je suis face à l'immeuble. Belle façade, plutôt bon chic bon genre, on ne peut pas y entrer sans y être invité, l'immeuble est protégé par un digicode. À cette heure-ci c'est très calme dans la rue, j'espère pourtant qu'un passant, qui par le plus grand des hasards viendrait rendre visite à un locataire, me permette d'entrer. Mais il ne faut pas rêver, ce sera pour un autre jour. J'aurais bien aimé voir l'intérieur, jeter un coup d'œil aux boîtes aux lettres, ce ne sera que partie remise. Je continue de marcher dans le quartier, je redescends la rue du château jusqu'à l'avenue du Maine sans savoir à quoi cette marche peut me servir. Je reviens sur la place Moro Giafferi ou personne, et en à peine une semaine, ne pourrait dire qu'à cet emplacement est mort un homme. Il ne reste plus aucune marque, tout doit vite disparaître, il ne faut pas déranger la vie de ceux qui repassent et qui ont déjà oublié. Je vois qu'il est évident que vers une heure du matin cet endroit est peu éclairé, il n'y a que peu de lumière et je me demande comment l'assassin pouvait prévoir qu'une personne emprunterait ce chemin à cette heure-là. Il a dû attendre un bon moment. La vie ne tient vraiment à rien comme on dit le mauvais jour au mauvais endroit. J'aimerais bien savoir ce que faisait un fils de bonne famille, à cette heure de la nuit dans ce quartier. La police a parlé de drogue et je ne savais pas que dans ce coin de Paris, existait un commerce important. J'habite depuis près de deux ans dans cette rue et je n'en ai jamais entendu parler. Dans mes discussions avec Gilles, il ne m'a jamais parlé de trafic de stupéfiants. Un patron de bistrot est bien placé pour savoir ce qui se passe autour de chez lui. Mais il faut se méfier, maintenant ils sont partout. Je reste quand même perplexe à ce sujet. Je ne vois pas non plus de caméras, je vais me renseigner. Ce soir je repasserai dans le coin à la nuit tombée, Philippe reste toujours un bon moment à la maison, je verrai si Raoul Raquin est chez lui et s'il y a beaucoup d'agitation sur la petite place, ce dont je doute vraiment. Enfin cette visite m'a permis de visualiser les lieux. Je remonte la rue Edouard Jacques et je me trouve rue Raymond Losserand, si je prends à gauche, en sens inverse de la circulation, je vais revenir vers le bar de Gilles et bien sûr la rue du château à nouveau sur ma gauche. J'ai réalisé le tour du pâté de maisons, bravo, quel exploit. Eh bien voilà, j'ai bien occupé ma matinée, l'expérience m'a appris que ce temps que l'on croit perdu, nous permet en fait de mieux nous imprégner dans notre enquête, ce qui nous servira un jour ou l'autre, l'essentiel est de toujours resté en lien avec le sujet. Devinez sur qui je tombe ? La preuve qu'on ne peut jamais rien cacher, il faut se méfier de tout, la vie nous surprend à chacun de nos pas, on se croit seul et puis…

— Où vas-tu ?

— Florence qui ne m'avait pas encore vue, enfin je le supposais, jusqu'à ce qu'elle me demande de prendre le pain en passant l'air de rien à côté de moi et sans se retourner.

— Prends-en deux pour ce soir, me glisse-t-elle.

— Tu te croyais seul, je me demandais si tu m'avais vue ? Tu vois, tu ne peux rien me cacher, tu le sais.

— Je suis bien placé pour le savoir, justement j'étais en train de me faire la réflexion, j'arrive.

— Je nous ai fait léger à midi puisqu'on dîne ce soir. Tu devrais passer à la cave pour prendre deux bouteilles, je n'en ai plus à l'appart. Prends-en une de rouge et une de rosé.

— Que nous as-tu préparé de bon ?

— Je ne me suis pas foulé, j'ai acheté une paëlla surgelée, c'est tout prêt. Le rouge pour le fromage et je nous ai pris une tarte aux pommes en dessert, ça te va ?

— C'est parfait, vive l'Espagne.

— Tu t'es bien promené ce matin ?

— Oui. Je ne comprends pas, s'il n'y a pas de raison, pourquoi ôter la vie d'une personne qui ne vous a rien fait ?

— C'est absurde, je le sais. Viens à table, tu me donnes le bourdon, passons à autre chose, un petit blanc, ça te dit ? Il est juste à température, je l'ai mis au frais avant de partir.

— Je croyais que tu n'avais plus rien, as-tu oublié que tu m'as demandé de prendre deux bouteilles à la cave ? Sinon, j'accepte ton verre avec plaisir, tu as toujours le bon mot, au bon moment. Au fait je ne t'ai pas dit, mais Philippe en a pour toute la journée, ils ont rajouté vers dix-huit heures, une nouvelle cérémonie de commémoration pour les cent ans de l'allumage de la flemme. Je ne le savais pas, j'ai toujours cru que la cérémonie à l'Arc de Triomphe s'était déroulée de la même manière que celle que nous connaissons aujourd'hui. Enfin je crois qu'il aura besoin de se réchauffer et je lui souhaite de ne pas avoir eu de problème, avec tous ces politiques, tout est compliqué. Sinon ta paëlla et le rosé ne seront rien pour nous.

— Que faisons-nous demain après-midi ? Nous pourrions aller nous promener.

— Pourquoi pas. As-tu une idée particulière de l'endroit ?

— Connais-tu le parc Sainte-Perrine ? C'est un endroit très ancien dans Paris, il est très agréable de s'y promener. D'une grande superficie près de cinq hectares dans le centre, tu t'en rends compte ? Il appartient à la mairie et si j'en crois les dernières nouvelles, elle veut le découper pour faire des logements. Autrement dit il faut se dépêcher si nous voulons en profiter.

— Allez, vive le parc Sainte-Perrine. On dirait que tu t'intéresses beaucoup à cet endroit ? Avec ce ton très professoral, je me croyais revenu sur les bancs de l'école. De toute façon pour moi, tous les parcs se ressemblent.

— J'avais raison, ce lieu est ravissant.

— Mais je constate que tu n'étais jamais venu ici, qu'elle idée d'y venir aujourd'hui ?

— Je ne sais pas, c'est Nicolle qui m'en a parlé.

— Tu imagines si nous avions un chien ? Nous pourrions le promener ici facilement et même partout, les lieux ne manquent pas dans Paris.

— Et c'est bien sûr toi qui t'en occuperais tous les jours ? Pour cela il nous faudrait vivre ailleurs. Un chien dans un appartement c'est impossible. Tu n'essaierais pas de me mettre en colère pour t'amuser ? Si tu as encore de bonnes idées comme celle-ci, préviens-moi. De pouvoir en parler tous les deux nous évitera de faire des bêtises, tu es d'accord ?

— Mais oui, je sais que tu as raison, mais n'empêche que j'aimerais bien avoir un animal.

— Et pourquoi pas un chat ?

— Tu serais OK ?

— Je n'y vois pas de problème, cela t'étonne ? C'est un animal qui peut vivre en appart, il est assez indépendant. Tu lui ressembles un peu dans sa manière de vivre, il faut toujours s'occuper de lui sans qu'il en fasse autant pour les autres.

— Tu veux dire que je suis égoïste ?

— Pas complètement, je dois le reconnaître que tu l'es un petit peu moins qu'un chat.

— Puisqu'il en est ainsi, n'en parlons plus. Et si nous allions prendre quelque chose de chaud ? Allons à la Retonde, nous n en sommes pas très loin, l'endroit est très agréable.

— Voilà qui est sympa. J'ai eu si peur de tes dernières réflexions, que celle-ci m'enthousiasme, ne perdons pas de temps, j'ai froid.

— Un peu de plus, et nous arrivions après Philippe. Merci pour ce bon moment, ce fut divin.

— Alors je suis toujours au niveau du chat ?

— Tu t'améliores. Bon, laisse-moi tranquille que je prépare la table vite et que je mette le four en marche, je dois aussi préparer la salade.

— Attends, je vais t'aider.

— Surtout pas, de grâce, ne mets pas les pieds dans la cuisine. La salade est sous vide, je n'ai qu'à ouvrir le paquet.

— Alors, pourquoi me faire croire que tu travailles ? Bien, je vais à la cave.

— Quand nous sommes pressés, le temps passe encore plus vite. Et voilà que notre sonnette retentit alors que nous venons juste de finir notre mise en place, enfin tous ces petits préparatifs que nous voulons parfaits pour recevoir nos amis.

— Alors mon vieux, comment s'est passée ta journée de gala ?

— Ne m'en parle pas, j'espère bien ne plus être envoyé dans ce genre de cérémonie, j'ai fait ma B.A.

— Ah, bonjour Florence. Tu restes toujours avec ce type ? Tu n'en as pas marre ?

— Il va falloir que tu changes si tu veux toujours dîner ici ce soir !

— Jacques, tu sais bien que je te taquine.

— Oui, mais je me méfie, je me demande si tu plaisantais vraiment ?

— Tu vois Philippe, Jacques aimerait savoir si tu parlais pour ce rire ?

— Et ce n'est pas fini, vous avez décidé tous les deux de me gâcher ma soirée ? Où as-tu mis les documents ?

— Te connaissant je les ai laissés dans ma voiture, on les prendra tout à l'heure en partant. Sinon je crains que tu ne sois pas avec nous pendant tout le repas. Tu pourrais nous faire encore une crise !

— Tu n'es pas sympa, je me demande si tu mérites d'être mon ami. Enfin, que veux-tu boire ?

— Si tu prends un whisky comme à ton habitude, j'en ferais de même.

— OK et toi Florence ?

— Je prendrais bien un kir, mais avec du rosé.

— Asseyez-vous, je m'occupe de tout et je vous rejoins.

— Bon, il se fait tard, je vais vous laisser. Merci encore pour cette soirée. Tu m'accompagnes Jacques que je te remette les dossiers.

— Bien sûr, tu croyais que j'avais oublié ? Mais avant viens avec moi, nous allons voir si Raquin est enfin chez lui, c'est tout à côté.

— Je ne me suis pas occupé de cette affaire, c'est Jean Pierre qui l'a mené, tu ne le savais pas ? Je n'ai que peu de faits, à part ce que j'ai pu lire avant de venir. Je trouve que ton approche n'est pas mauvaise, ce que tu as trouvé me paraît intéressant, mais il ne faudrait pas que notre ami Jean Pierre en prenne ombrage, il est susceptible.

— Je sais, voilà nous y sommes, tu vois le vingt-six est ici. C'est tout proche du lieu du crime. Il ne doit encore pas être là, je ne vois pas de lumière, pourtant nous sommes le 11 novembre, jour férié.

— Et qu'est-ce que cela peut lui faire, demain il travaille certainement, et puis comme moi il est peut-être chez des amis. Allons, retournons à la voiture, moi aussi je travaille demain. Cela ne sert à rien de rester à contempler cette façade de nuit…

— Tu as raison, j'ai hâte de me plonger dans vos dossiers.

— Merci encore, je ne sais pas si je dois te souhaiter une bonne nuit, embrasses Florence pour moi, à bientôt. Et n'oublie pas de me tenir au courant, je dois les rendre dans quelques jours, pas de blague.

— OK et merci encore, ton aide m'est souvent précieuse. Bonne nuit, rentre bien.

— Jacques, c’est toi ?

— Oui, qui veux-tu que ce soit ?

— Je suppose que tu vas d’abord vouloir jeter un coup d’œil là-dessus, je me trompe ?

— Je fais le plus vite possible. Va te coucher, j’arrive.

— Tu sais que demain nous sommes dimanche. Tu auras tout loisir pour découvrir ce qui se cache derrière ces feuilles.

— Mais oui, j’en ai pour deux minutes, c’est promis. Si je ne commence pas maintenant, je ne pourrais pas dormir. Regarde, je mets en place une alarme, comme cela je ne m’éternise pas. Et puis demain matin, tu auras tes croissants, c’est juré. Et vu tout le travail qui m’attend, je n’irais pas non plus prendre mon café chez Gilles. Ça te va ?

— Oui, je t’attends. Tu n’oublies rien ?

— Si, viens là…

— Alors qu’est-ce qui peut bien se cacher là-dedans ? Le neuf novembre, découverte d’un corps. Un individu de race européenne, d’environ un mètre quatre-vingts, châtain clair, décédé d’un carreau d’arbalète, tiré à bout portant. Le corps a été retrouvé par Monsieur Raquin au petit matin, place Moro Giafferi. Le témoin habitait aux vingt-six de la rue Edouard Jacques. Employé de banque à la BNP Paribas. Il rentrait d’un voyage d’affaires pour son employeur à Hong Kong. Il a pris un taxi à Roissy qui l’a déposé avenue du Maine, à cause des travaux qui se déroulent rue Didot. Ce qui explique le détour. Il était aux environs de minuit trente. Et voilà déjà l’alarme, j’arrête, je dois tenir parole. Cependant je ne vois rien de nouveau, à part le fait que maintenant je connais son métier, ce qui semble expliquer sa présence à cette heure. Je vais me coucher, de toute façon je suis fatigué.

Le 12 novembre

Cela fait déjà plusieurs minutes que je suis réveillé, mais la boulangerie, elle, n'ouvre qu'à sept heures trente le dimanche, alors j'attends. Je me lève sans faire de bruit, comme dans la chanson, et sur la pointe des pieds je sors de notre chambre. Je mets la table du petit-déjeuner, je prépare le café et je sors chercher les croissants. Je mets également la musique un peu forte pour que pendant mon absence, Florence n'oublie pas de se réveiller, je sais que ce n'est pas gentil, mais j'ai déjà en tête de visionner mes dossiers. Il me faut décortiquer leur contenu rapidement, j'ai hâte.

— Déjà debout Florence ?

— Je suis comme toi, je veux voir ce qui se trouve dans leurs dossiers, est-ce que tu m'acceptes ?

— À ton avis, je n'ai pas le choix, sinon tu vas venir toutes les cinq minutes. Et puis il vaut mieux réunir nos deux avis, ce que l'un voit, l'autre peut passer à côté et inversement.

— Leurs croissants sont très bons, tu ne trouves pas ?

— Et surtout quand c'est moi qui vais les acheter.

— Tu vois, c'est certainement la raison, voilà pourquoi je les aime tant le dimanche, dorénavant je n'ai plus à chercher ce qui me pousse vers ce petit bonheur, merci. Et je me permets d'y joindre, car je n'oublie pas non plus, l'odeur envoûtante du café fraîchement fait, c'est divin, je me lève et comme par magie je n'ai plus rien à faire. Serait-ce de la fainéantise ? Qu'en penses-tu ?

— Je ne répondrais pas à cette attaque, je reste digne. Je vais au bureau, je n'ai pas le temps pour ces futilités, rejoins-moi vite ?

— Alors où en es-tu ?

— Pour l'instant je reprends les faits du meurtre qui s'est passé près de chez nous le premier novembre. Il nous faut vérifier ce que les enquêteurs ont pu obtenir sur l'heure qui reste approximative où le témoin, Monsieur Raquin, si nous pouvons le qualifier ainsi puisqu'il n'a rien vu et rien entendu, a découvert le corps de Sébastien Feuillant, mort déjà depuis plusieurs heures. Il arrivait de Roissy, il faut à peu près trois quarts d'heure, et pourquoi avoir été déposé avenue du Maine ? Nous devons retrouver le chauffeur du taxi en question. Et bien sûr j'aimerais m'entretenir avec Monsieur Raquin, vois ce que tu peux faire, le plus vite possible. Il en va de même pour Monsieur Feuillant, prénom Christian, père de la victime.

— Oui, je m'en occupe. Mais as-tu vu ce que donne le chauffeur comme explication ?

— Que ce serait à cause des travaux rue Didot. Renseigne-toi pour être sûr qu'il y avait bien des travaux cette nuit-là. On ne bloque pas une rue de nuit, on fait en sorte que les riverains puissent l'emprunter, je ne comprends pas. On arrête sur cette affaire, voyons le troisième homicide. Il s'est déroulé le neuf août, qu'avons-nous qui puisse nous servir ? Ah oui, je me souviens. Il se situe près du métro aérien dans le quinzième arrondissement, au départ de la rue Lecourbe. La victime est morte étranglée en pleine rue, même tard ce n'est pas courant. Mais je vois et je comprends mieux maintenant, l'étranglement est survenu après deux chocs électriques. Tout s'explique, une fois la victime inconsciente, il est plus facile de pratiquer l'étranglement. Je vois ici que l'assassin a utilisé une cordelette, sans doute ne voulait-il pas avoir de contact avec sa proie.

— S'agit-il d'une femme ?

— Oui, tu n'as pas rêvé. Caroline Rochat, vingt-neuf ans, petite taille, type européenne, elle travaillait au cristal-bar rue Garibaldi. Elle a été agressée en rentrant chez elle, rue Lecourbe. Cela s'est passé près d'un des piliers à côté de la bouche de métro. Ils pensent qu'elle a été tuée vers une heure trente. Avec son mari, ils habitaient un petit appartement au-dessus du « panier fraîcheur », boutique tenue par son mari. Ils ont deux enfants qui sont encore scolarisés. Demain je me rendrais sur place pour mieux m'en rendre compte, j'ai besoin de connaître les lieux, le quartier.

— Il me semble bien que dans cette rue Lecourbe, se trouve deux banques de la BNP.

— Tu es sûr ? Tout à l'heure, j'ai vu que Raoul Raquin était employé dans une de ces agences. Tu vois, lorsqu'on dispose de plus de renseignements, on peut établir des liaisons entre les affaires. Déjà, maintenant, on sait que ce monsieur peut avoir un lien avec ces deux meurtres. Une fois par son domicile et une deuxième fois par sa découverte du corps et une autre fois encore par son lieu de travail.

— Attention, cela ne veut rien dire. Il ne faut pas s'emballer, ce ne sont sans doute que des coïncidences.

— Tu me fais penser à Philippe. Toujours circonspect face aux évènements. Pour moi, j'ai toujours pensé que deux faits qui se regroupent ne sont plus le fruit du hasard, cela n'existe pas. Mais je tiens compte de ce que tu penses. Prends-moi également un rendez-vous à la BNP pour demain.

— Tu rigoles ?

— Non, pourquoi ?

— Tu crois qu'ils vont ouvrir la banque, un lundi pour te faire plaisir.

— Pardon, pour mardi je voulais dire.

— Quelle mauvaise foi, tu me fais rire.

— Au fait je ne vois rien sur la cordelette et le taser. Je me doute bien qu'ils n'ont rien retrouvé, mais la police a-t-elle cherché d'où pouvait bien provenir cet instrument de torture. Et tu vois, il en est de même pour le meurtre de la place Moro Giafferi, on ne nous parle plus de l'arbalète. Pourtant elle vient bien de quelque part ? Peux-tu en apprendre plus sur le jouet ? Comment et où a-t-il pu se la procurer ? Vu les dégâts qu'elle peut occasionner, j'espère qu'on ne le trouve pas dans le commerce sans aucune sécurité. Car dans le dossier, je ne vois rien qui puisse nous éclairer. Bon, revenons à Caroline Rochat.

— Qui a trouvé le corps ?

— Un groupe d'infirmières et d'aides-soignantes qui rejoignaient l'hôpital Necker, elles arrivaient du métro sèvres-Lecourbe. Il était cinq heures du matin. Aucune d'elles ne connaissait la victime, ne travaillant et n'habitant pas dans le quartier.

— C'est tout ce dont tu disposes ?

— Oui, je sais, pas grand-chose ! Pour l'instant, c'est une première lecture, on survole, on n'est pas complètement à fond dans le sujet, si besoin nous y reviendrons plus tard. Passons au deuxième meurtre. Lui aussi s'est déroulé un peu dans le même quartier que le quatrième. Le neuf mai, à l'angle de la rue Maison Dieu qui amène sur l'avenue du Maine, vraiment pas très loin de la rue du château, un homme d'une quarantaine d'années a été retrouvé mort, caché par des barrières de stationnement, à côté du magasin « or-argent ». Monsieur Abdel Bechir, quarante ans, d'origine algérienne, naturalisé Français depuis vingt ans, travaillait dans le restaurant « tajines et couscous » avenue du Maine. Homicide au pistolet. Très apprécié de ses collègues, il n'avait jamais eu maille à partir avec la police, employé modèle sans casier. D'après le légiste, on pourrait accepter et retenir les alentours de minuit, comme étant l'heure de la mort. Le coup de feu est tiré à bout portant, l'arme munie d'un silencieux, ce qui explique que personne dans les alentours n'ait entendu la déflagration. Les détails là encore ne sont pas des plus nombreux.

— A part et tu le penses si fort, que tout est par surcroît dans les parages, donc pas loin de chez Raquin. Je commence à te croire, c'est vrai qu'il n'y a pas photo, tout nous ramène à lui. Et qu'a fait la police à son sujet ?

— Je ne le sais pas, il faudrait que je puisse rencontrer Jean Pierre, l'inspecteur qui avait la charge de l'affaire. Car j'ai cru comprendre qu'ils n'ont pas fait le rapprochement entre tous ces incidents.

— Je te parie que comme pour le premier meurtre, rien n'aura changé, il sera toujours là. La présence de Monsieur Raquin hante tous ces faits.

— Il faut absolument que je puisse lui parler avant que je me rende à sa banque. J'aimerais le rencontrer hors son cadre de travail, chez lui. Il sera moins sur le qui-vive. Je pourrais sentir s'il me cache la vérité, je sais qu'il est plus facile de confondre un assassin sur les lieux de ses méfaits. C'est comme si on lui faisait revivre ces actes. On le devine agissant. Si tu le veux, ou si tu en as encore le temps, pourras-tu aussi me trouver l'adresse du chauffeur de taxi ? Lui aussi j'aimerai le voir les yeux dans les yeux, il y a quelque chose qui ne me plaît pas dans ce qu'il dit. Cette rue bloquée ne me dit rien. Je n'ai pas trouvé sa déposition dans les papiers.

— OK, je m'en occupe. Je vais demander à Jean de me donner un coup de main, si tu es d'accord.

— Bien sûr, il ne faut pas perdre de temps, je pense qu'on en a déjà perdu pas mal avec le travail de la police. Enchaînons, passons au premier meurtre.

— Tu n'as pas faim ?

— Je préférerais que l'on termine cette première lecture. Cela se passe rue de l'Abbé Groult, lui aussi dans le quinzième et là encore la victime a été retrouvée dans une petite rue, même ici une impasse, cachée par des poubelles, juste sur le même trottoir que le bar PMU, l'Ariel. Un homme d'une soixantaine d'années, type européen, un mètre soixante-dix, taille moyenne, pas de casier non plus, inconnu des services de police. Il s'appelait Eugène Lepetit, retraité de la SNCF, il habitait au cinquante-trois de la rue de l'Abbé Grault, tué, lui, à l'arme blanche. Comme pour les autres, l'arme n'a pas été retrouvée. Ses voisins le décrivent comme un homme bien élevé, parlant facilement. Seul défaut si je puis dire, les courses de chevaux. Le patron du bar, m'a parlé de lui qu'en bons termes, il prenait un petit verre de rosé le dimanche à l'apéritif, c'était tout. Toujours aucune piste, c'est à se cogner la tête dans les murs. Mais nous sommes là encore dans le quinzième. Je suis sûr de moi, de ce que je dis, Raoul Raquin est intimement lié à tous ces homicides, cela ne fait aucun doute. Je me demande si je ne deviens pas un peu dingue.

— Pourquoi ?

— Tu n'as pas fait attention ? Si on regarde de plus près et si on associe les quatre dates des jours des crimes, on obtient mille neuf cent quatre-vingt-dix-neuf.

— Crois-tu que ce soit une référence à cette année ?

— Ce pourrait-être une marque, comme une signature. Mais pour l'instant, allons déjeuner, je commence à sentir mon estomac qui gronde.

— Il était temps, je commençais à mourir de faim. Merci patron de penser au petit personnel. Pendant que je mets la table, sers-nous un verre de vin blanc.

— Ça ne t'ennuie pas si j'allume la télévision, cela fait deux jours que je ne suis plus au courant de ce qui se passe dans le monde. Avant en prenant mon café, je lisais mon journal, mais aujourd'hui je n'ai plus le temps.

— Mon pauvre chéri, tu travailles trop.

— Tiens ton verre. Cet après-midi je reprends tout ça en profondeur. C'est dans les détails que se trouve la solution.

— Très peu pour moi, je sais ce que j'ai à faire demain, mon carnet de bal est plein. Après le déjeuner nous avons décidé avec Nicolle de faire les magasins, nous allons faire un tour dans Paris, ça ne te dérange pas ? Avec les fêtes qui arrivent, il serait dommage de ne pas profiter de toutes ces bonnes affaires qui nous tendent les bras.

— Fais comme tu le veux, amusez-vous, c'est le bon moment, j'ai vu que pas mal de boutiques étaient déjà décorées. Pour ma part j'ai mis les pieds dans une affaire qui va me prendre beaucoup de mes journées, ce n'est pas fini, cela ne fait que commencer.

— Si nous rentrons un peu plus tard, je t'appelle. Il est vrai que le soir Paris illuminé, c'est quelque chose, cette ville qui plonge dans la nuit devient magnifique.

— Nous aurons bien le loisir d'y retourner tous les deux avant les fêtes. Je préfère attendre un peu pour ma part, je trouve qu'il est un peu tôt.

— Tu te moques de moi ?

— Loin de moi cette pensée, je ne pensais pas t'offenser !

— Tu prends du fromage ?

— Non merci, je retourne fouiner dans ces papiers, je te laisse te préparer. Je vais au bureau, à ce soir.

— Maintenant que je suis seul, je recommence tout.

Déjà dix-huit heures, il faut que je me dégourdisse les jambes. Je vais aller rue Edouard Jacques, afin de voir s'il ne serait pas rentré chez lui, on ne sait jamais. Hélas non, je ne vois toujours pas de lumière. Qu'est-ce qu'il peut bien faire de ses journées ? Il n'est jamais chez lui. Quant à mon après-midi de lecture, il ne m'a rien apporté non plus. Comment pourrais-je avancer plus vite ? Pour me détendre, je continue mon chemin en parcourant le tour du pâté de maisons. Je quitte son domicile, et rue Raymond Losserand, j'arrive chez « Les Tontons », encore à gauche et voilà le porche de notre maison, la balade est finie. Mon enthousiasme s'effrite un peu, j'espère que demain j'aurais plus de chance. J'allume la télé, sur la deuxième chaîne, ce n'est pas génial, une émission qui se veut drôle, je continue de jouer avec la télécommande à la recherche de je ne sais pas trop quoi. Nous sommes dimanche, il ne faut pas rêver, les programmes sont les mêmes, quelle que soit la chaîne. Je me ressers un verre en attendant Florence, toute la semaine se passe à l'eau, alors le week-end nous pouvons bien nous faire ce petit plaisir. Tient les voilà.

— Bonjour, Nicolle, la balade fut bonne ?

— Nous avons passé un après-midi délicieux, tu aurais dû venir avec nous. Cela fait du bien de ne pas toujours entendre parler des mêmes choses. Ces petites promenades de fin de semaine nous permettent de commencer la nouvelle, et malgré la fin du repos dominical, nous gardons le moral.

— Nicolle, tu es une perle, avec toi tout est facile. Tu restes avec nous, on dîne vite fait.

— Tu es gentil, mais Romain m'attend. Une autre fois avec plaisir, on s'appelle avec Florence pour la semaine prochaine ?

— OK, rentre bien.

Le 13 novembre

— Alors Gilles, quoi de neuf aujourd'hui ?

— Pas grand-chose. Plus de nouvelle en ce qui concerne notre mort, on dirait vraiment qu'il ne s'est rien passé.

— Et la police, sont-ils venus vous rendre visite ?

— Je te retiens, toi qui nous avais prédit leur arrivée, je peux t'assurer que tes ex-amis n'ont pas mis les pieds dans mon établissement, alors que je m'étais mis en quatre pour les recevoir !

— Tu as tant de choses à te faire pardonner ? Que voulais-tu leur cacher ? Je plaisante… Ne fais pas cette tête. Les temps changent que veux-tu que je te dise. À l'époque nous passions notre vie sur les lieux des agressions. Ces enquêtes de proximité étaient la base de notre travail, souvent elles nous permettaient d'avancer et même de résoudre nos problèmes. Je ne dis pas que du jour au lendemain, tout était résolu. Les mobiles, les meurtriers et les armes utilisées nous sont souvent inconnus tant que l'on n'a pas connaissance, grâce à ces recherches, de leur motivation. Les lieux, les passants, les voisins, tout ce qui se trouve à proximité des crimes sont une source inépuisable de renseignements, ce qui ne saute pas forcément aux yeux. Oui ils nous ouvraient des portes qui au fur et à mesure de leurs découvertes résolvaient l'homicide. Tu vois je ne me rappelle pas, durant toutes ces années avoir abandonné, c'était un point d'honneur pour nous tous de gagner contre le crime et je n'idéalise pas cette époque. Allé, je te laisse, j'ai pas mal de boulot pour les jours qui viennent.

— Alors Florence, qu'as-tu pu trouver pour moi ?

— En premier, tu peux passer quand tu veux chez le mari de Madame Rochat. J'ai eu Roissy, mais je dois les rappeler. Je n'ai pas pu avoir confirmation qu'il y avait bien un vol en provenance de Hong Kong ce soir-là. Je les ai sentis pas trop chaud pour me confirmer qu'un dénommé Raquin était bien à bord. Je crains que tu ne sois obligé de faire intervenir Philippe. Demain j'appelle la banque.

— OK, je pars chez Rochat rue Lecourbe. Préviens-moi si tu as autre chose.

— Rentres-tu déjeuner ?

— Il y a de grandes chances. À tout à l'heure.

— Mon rendez-vous ne m'a rien apporté. J'ai plutôt eu beaucoup de peine face à cet homme. Mais maintenant en repartant, je suis heureux d'être venu. De savoir que je ne laissais pas tomber, et que la Police restait dans le coup, il a repris confiance et il espère à nouveau. Il se doutait bien que sa femme n'était pas morte pour rien, il fallait qu'une explication logique pour lui, qui enfermé dans sa douleur, vienne confirmer qu'il ne s'agissait pas d'un simple crime, il y avait une signification à trouver à la mort de son épouse. Ce n'était pas l'œuvre d'un fou. Il m'a proposé de travailler pour lui et ses enfants. Je ne peux pas accepter, il ne se rend pas compte du coût d'une telle enquête. Je n'ai pas osé l'en dissuader. Je ferais en sorte de trouver quelqu'un d'autre pour lui venir en aide. Il me faut une famille qui ne soit pas dans le besoin. Je sais, c'est horrible de penser à tout cela, mais ai-je le choix ? Comment faire tourner mon agence sans rentrées d'argent. En revanche je vois qu'il est l'heure d'aller déjeuner.

— Alors Florence, toujours rien sur Raquin ? C'est quand même bizarre que depuis deux jours nous n'arrivions pas à le voir, il habite près de chez nous, j'en ai marre.

— Ne répète pas toujours la même chose et ne t'énerve pas, viens plutôt déjeuner.

— Tous ces pauvres gens qui ne comprennent pas que personne ne puisse et ne veuille s'occuper un peu mieux d'eux. Ça me pèse de plus en plus, je me demande si je vais pouvoir tenir encore très longtemps.

— Au fait j'ai réussi à joindre Monsieur Feuillant, il veut bien te rencontrer.

— Et pourquoi ne voudrait-il pas ?

— Je ne l'ai pas trouvé des plus aimable, il doit être, comment te dire un peu tendu, très strict, enfin tu vois ?

— Oui et je le comprends maintenant.

— Il se demande ce que vient faire un privé dans cette enquête. J'ai essayé de lui expliquer, mais je crois que tu le feras mieux que moi. Tu verras, la discussion n'est pas aisée avec lui, très militaire, bonne chance…

— Je peux le voir quand ?

— Cet après-midi si tu es disponible, il lui sera possible de te recevoir, m'a-t-il dit.

— Je serais toi, vu l'homme, par correction, je lui passerais un coup de file avant.

— J'ai oublié son adresse, tu peux me la donner ?

— Je regarde. Voilà, boulevard Garibaldi, au soixante-six. C'est une résidence surveillée de standing, on n'y entre pas comme on veut. Il te faudra montrer pattes blanches, tout ce que tu aimes, n'est-ce pas ?

— Ça tombe bien, je vais commencer par me les laver.

— Pourquoi, tu sors de table avec les mains sales ?

— Tu n'as vraiment pas d'humour ! Essaie de joindre ce Raoul, c'est essentiel. Je pars, à ce soir.

— Bonjour, Monsieur Feuillant ? Jacques Duflont, enchanté.

— Entrez, je vous attendais. Vous voulez me parler de mon fils comme me l'a expliqué votre secrétaire, mais je ne comprends pas très bien ce que vous venez faire dans cette histoire. Asseyez-vous.

— Merci. D'abord je suis un ancien de la criminelle, je l'ai quitté pour monter ma propre agence, pour être plus libre, pour aller au bout de mes enquêtes sans entraves. Je sais que mes anciens camarades n'ont pas cette chance, j'ai vécu exactement ce qu'ils vivent. Et je peux vous affirmer que souvent nous ne pouvions pas aller au bout de nos affaires, tant le temps nous est conté.

— Pourquoi ?

— Il y a trop d'investigations, trop peu de personnel, trop de paperasse, ils doivent être partout sur tous les fronts, et quand une histoire leur paraît trop compliquée par manque d'éléments, ils n'ont pas d'autres choix que de la laisser tomber, de la mettre sous le tas de tout ce qu'ils doivent faire. La politique met son nez partout, il faut aller de plus en plus vite, gesticuler, faire du vent autrement dit. Dans votre cas, c'est par le petit bout de la lorgnette que je me suis permis de m'intéresser à vous et à ce qui venait de vous arriver.

— Vous n'y allez pas de main morte avec votre ancien job et vos anciens copains.

— Je le sais et je le regrette. Mais croyez-moi, je ne suis pas loin de la vérité. Voilà pourquoi, sous couvert bien sûr de la police, je continue de travailler sur ces cas, dans mon coin. Mais pour rester sur mes propos, je me suis rendu compte qu'il existait des similitudes entre la mort de votre fils et plusieurs autres affaires.

— Et qu'avez-vous découvert ?

— Vous devez comprendre que pour l'instant je ne peux pas vous révéler tout ce que j'ai découvert et qui me pousse à aller plus loin dans mes investigations.

— Je dois vous croire sur parole, c'est cela ? Monsieur Duflont, vous êtes très sympathique, mais je n'ai pas l'habitude de croire le premier venu. Je suis désolé, mais il me faut plus de preuve de votre légitimité et de ce que vous avez sans doute découvert.

— J'ai pu consulter des dossiers que personne n'est censé connaître puisque la police ne les a jamais divulgués. Je sais que la police pense à une affaire de drogue.

— Écoutez monsieur, si vous parlez de cela, nous n'avons plus rien à nous dire.

— Je ne vous dis pas que je crois ceci, mais que la police le pense, c'est inscrit dans le procès-verbal. Expliquez-moi pourquoi, ils en sont arrivés à cette conclusion. C'est tout ce que je veux savoir. Je crois très sincèrement qu'ils ont été induits en erreur par un manque de connaissances. De nos jours, un jeune homme retrouvé mort, la nuit, pas loin de Montparnasse, ne peut être que le résultat d'un règlement de compte.

— Et vous connaissez beaucoup de petits dealers qui tuent à l'arbalète ?

— Bien sûr que non, c'est justement ce qui m'a mis la puce à l'oreille. Mais que faisait Sébastien à cette heure dans la rue ?

— Il s'était rendu chez des amis pour faire de la musique, comme très souvent. Ils se retrouvaient toutes les semaines le soir pour travailler leurs pièces de musique. Il adorait la musique de chambre.

— Je n'ai vu nulle part écrit ceci. Personne ne fait état d'un instrument de musique.

— Je sais pourquoi, il jouait du violoncelle et comme cet instrument est volumineux et lourd, il le laissait chez ses amis. Cela lui évitait de le trimballer dans Paris.

— Vous voyez que de parler nous permet de mieux comprendre ce qui s'est passé. Je crois que mes amis, ne connaissant pas trop la musique de chambre, ont dû simplement faire un lien entre les musiciens et les joints.

— Vous avez, comme je vous l'ai dit, une bien piètre opinion de vos amis.

— Non, mais si personne ne leur a parlé de l'instrument, avec le réveil en pleine nuit, la fatigue, vous pouvez convenir qu'on n'a pas toujours les idées bien en place. Il ne faut pas leur en vouloir.

— Tout de même, en arriver là ! C'est vrai qu'ils ne m'ont jamais posé de questions sur son l'instrument.

— Si vous le désirez, je pourrais vous tenir au courant de mon travail.

— Vous avez raison, je comprends bien que nous avons besoin l'un de l'autre. Vous ne pouvez pas travailler pour rien, n'est-ce pas ? Et moi je veux savoir ce qui est arrivé à mon enfant. Je vous prie d'excuser mon accueil, mais depuis sa mort, je ne suis plus le même. Je me rends compte que j'ai besoin de vous. Voulez-vous continuer à chercher la vérité, pour moi ?

— C'est ce que j'étais venu vous demander. Je suis sûr de mettre un nom et d'attraper celui qui vous a fait tant de mal.

— Vous me ferez parvenir le contrat qui va nous lier, je vous remercie et je compte sur vous.

— Je vous tiendrai au courant régulièrement. À très bientôt.

— Bonne journée pour l'agence, je vois que les affaires tournent bien, pour l'instant nous ne manquons pas de travail. Ne nous plaignons pas, de nos jours les conditions sont rudes, il faut aller le chercher. Je rentre au bureau.

— Je pense, Jean, que dans quelques jours j'aurai besoin de toi. Dès que nous aurons mis la main sur ce Raoul Raquin, il faudra que tu le suives nuit et jour, je ne veux pas le perdre de vue. Ne t'en fais pas, nous nous relaierons.

— Florence, toujours pas chez lui ?

— Non. Je fais chou blanc.

— Tout est en ordre, je rentre chez moi, à demain.

— À demain, Jean, bonne soirée.

— On dîne et je retourne faire un tour près de chez lui, je vais bien finir par tomber dessus.

J'aime beaucoup quand tout s'arrête, nous nous retrouvons tous les deux seuls chez nous et le temps semble ralentir sa course. Pourtant, on ne traîne pas à table. Il serait bon de sentir cette sensation de bien-être qui nous enveloppe, la journée s'est bien passée, on ressent ce petit bonheur au plus profond de nous. Et pourtant rapidement la vie reprend le dessus, tout va trop vite, j'ai lancé la machine et maintenant il nous faut courir pour trouver la solution. Je rêve, on dirait que c'est allumé chez lui. Coup de chance, une personne ouvre la porte et sort en me regardant avec crainte, je lui demande de la tenir quelques secondes.

— Bonjour, monsieur, pouvez-vous me laisser entrer ? Je viens rendre visite à Monsieur Raoul Raquin.

— Allez-y, nous sommes voisins de palier. Vous avez de la chance ce soir, il vient de rentrer. Comme on se connaît bien, depuis le temps, il m'a chargé de jeter un coup d'œil quand il est absent. Et il me prévient toujours quand il rentre de l'étranger. Avec tous ces voyages, dans l'immeuble on ne le voit pas très souvent, il travaille beaucoup.

— Je vous remercie, bonne soirée.

— Je monte les escaliers jusqu'au deuxième étage et je sonne, un peu gêné de déranger à cette heure-ci, mais curieux de le découvrir.

— Monsieur Raquin ?

— À qui ai-je l'honneur ?

— Jacques Duflont. Je vous prie de me pardonner de vous déranger si tard, je n'habite pas très loin de chez vous, et j'essaie de vous joindre depuis plusieurs jours.

— Et pourquoi ?

— J'aimerais vous poser quelques questions au sujet de ce qui vous est arrivé il y a quelques jours.

— J'ai déjà dit tout ce que je savais à la police. Vous êtes qui ?

— Je suis un privé et je travaille pour plusieurs familles de victimes.

— Je ne comprends rien, pourquoi plusieurs familles ? Qu'est-ce que cela à avoir avec mon affaire ?

— Je pense que votre meurtre s'inscrit dans une affaire très complexe.

— Écoutez, j'ai tout dit, je n'ai rien à ajouter. Bon soir, monsieur.

— Ne vous fâchez pas. Attendez, vous risquez d'avoir des problèmes. Je n'en ai pas pour longtemps, je vous explique et vous déciderez de la suite à donner.

— Je n'ai pas de temps à perdre, foutez-moi la paix.

— C'est ce que je pense, vous avez pas mal de choses à cacher, monsieur Raquin, c'est pour cela que vous réagissez de la sorte. Je ne veux pas vous effrayer, mais bientôt ce sera la police qui vous demandera des explications au sujet des quatre meurtres.

— Comment des quatre meurtres ? J'ai été le témoin, enfin non, j'ai découvert un corps et j'aurais mieux fait de passer mon chemin, voilà ce que ça rapporte d'être honnête.

— Justement, c'est tout ce que je veux savoir. Soyez sage, laissez-moi entrer, on discute cinq minutes et je m'en vais.

— Qu'est-ce que c'est que cette histoire ? Je ne comprends rien, entrez.

— Merci.

— Ça ne vous dérange pas si on reste à la cuisine ? J'étais après dîner.

— Non, c'est gentil à vous de bien vouloir m'expliquer ce que vous avez vu, je peux m'asseoir ?

— Bien sûr, pardon.

— Je commence, je suis un ancien de la criminelle, j'habite rue du Château, pas très loin du lieu du crime.

— Oui, j'ai trouvé le corps sur la place Moro Giafferi.

— Ne chipotons pas. J'ai compris que la police n'avançait pas dans cette enquête et au fil des jours je m'y suis intéressé. En remontant dans le temps, j'ai trouvé plusieurs affaires similaires, avec la vôtre il en existe encore trois autres qui pour moi sont toutes liées. Deux de ses familles m'ont chargé de mener des investigations pour découvrir la vérité. Bien sûr la police est au courant, je partage mes informations avec eux. Alors voilà où je veux en venir, je vous trouve toujours sur mon chemin. Comment pouvez-vous m'expliquer que dans chacun de ces homicides, je vous trouve plus ou moins en relation avec eux.

— Mais ça ne va pas ? Je n'ai rien à voir avec tout ceci, d'ailleurs la police ne m'a écouté qu'à titre de témoin, ils ont bien vu eux que je n'étais pas mêlé à tout ceci.

— Monsieur Raquin, c'est vous qui trouvez le corps, près de chez vous, à une heure que je qualifierais de tardive. Un autre meurtre a eu lieu près de votre travail, rue Lecourbe. Toujours de nuit et sans traces. Je peux également vous parler des deux autres affaires qui ressemblent à la vôtre comme des sœurs jumelles, la même heure et toujours dans le même quartier. Comment expliquez-vous ceci ?

— Je ne sais quoi vous répondre, vous m'embrouillez. Je ne comprends rien à tout ce que vous me dites.

— Justement, j'ai besoin de quelques éclaircissements. Voilà, d'où arriviez-vous ce soir-là ?

— Je rentrais de Hong Kong, voyage professionnel pour la banque, je m'y rends tous les trois mois.

— Et comme par hasard, tous ces faits ont eu lieu tous les trois mois également. Donc vous veniez de Roissy, je suppose ?

— Oui, c'est cela.

— Je ne vous trouve pas très convaincant.

— Mais bien sûr que si, vous êtes drôle, je suis troublé par tout ce que vous m'annoncez. J'ai besoin de réfléchir à tout cela, laissez-moi quelques jours et je vous recontacte. Je désire avoir la paix.

— Comme vous le voulez, ça vous regarde, je ne peux pas vous obliger à quoique ce soit. Ne tardez pas trop, le temps passe vite. Au revoir Monsieur Raquin.

— C'est ça, au revoir.

— Alors, je me demandais ce que tu faisais. Vu l'heure, puis-je en conclure que tu l'as vu ?

— Yes, je lui ai même parlé, chez lui, dans la cuisine.

— Et vous avez pris un verre ?

— Mais non, tu es folle. Ce que je peux te dire, c'est que ce type ne m'a pas l'air d'être un assassin. Il a pris peur dès que je lui ai parlé des autres meurtres. Il ne me semble pas capable de tuer de sang-froid. Il me faut demain passer à la banque, il y sera et peut-être que de me savoir sur place, l'incitera à me parler.

— Et tu ne m'as rien dit à propos du vol Hong Kong-Roissy du premier novembre.

— Je le sais. Il y a bien eu trois vols réguliers dans la journée, j'attends encore la preuve qu'il était bien dedans.

— Pourquoi ?

— Je te l'ai déjà dit, les compagnies ne divulguent pas facilement leurs données. J'ai déjà prévenu Philippe, il s'en occupe.

— OK, on verra plus clair demain. Allons dormir.

Le 14 novembre

Installé confortablement à ma place, comme tous les jours je bois mon café, le journal ouvert devant moi. Je satisfais mon envie de connaître tous les faits qui se déroulent dans le monde. Je vous l'ai dit, pour cela il me faut une bonne demi-heure, et garder le moral, car le contenu est douloureux, et cela tous les jours que dieu fait. Je paye et je me rends à la BNP rue Lecourbe. Florence m'a prévenu, attention il y a deux banques avec cette appellation rue Lecourbe. Celle qui m'intéresse se trouve tout au début, près de la rue des Volontaires. Je la vois, je me gare et j'entre dans cet établissement. Quelle surprise, c'est moi qui suis perdu, ces banques de dépôt ne sont plus tout à fait comme autrefois, il n'y a plus de personnes à l'accueil, mais plein de petits bureaux privés aux portes fermées. Le client attend que quelqu'un vienne pour lui. Vous trouvez cela normal ? C'est peut-être une manière de le mettre en situation d'infériorité, il vient demander de l'argent, un prêt, alors qu'avant, c'était le banquier qui l'attendait au guichet, pour lui donner son or.

— Monsieur, vous désirez ?

— Bonjour, madame, Jacques Duflont, j'aimerais voir un de vos supérieurs, si cela est possible.

— Vous avez un rendez-vous ?

— Non, mais je suis attendu à partir de maintenant.

— Vous plaisantez ?

— Nullement madame, excusez mon audace, mais ma secrétaire a déjà appelé la banque et le directeur m'a permis de passer quand il me serait possible.

— Je vais voir s'il peut vous recevoir.

— Ne le déranger pas, il suffirait que je puisse m'entretenir avec une personne connaissant bien Monsieur Paul Raquin.

— Des problèmes ?

— Absolument pas.

— Pardon, je me présente Anne Duport, je suis une amie et la secrétaire de monsieur Raquin.

— Vous devez savoir qu'il a été le témoin d'un acte horrible et j'aimerais connaître un peu mieux sa vie dans votre société.

— Je pense pouvoir vous renseigner, en effet ce n'est pas la peine de déranger la direction, d'ailleurs en ce moment ils sont tous en réunion, Paul, enfin je veux dire Monsieur Raquin y participe également. Suivez-moi, venez dans mon bureau. Asseyez-vous, monsieur ? Je n'ai pas très bien entendu votre nom.

— Jacques Duflont. Alors comme ça, vous connaissez bien ce monsieur.

— Oui, nous sommes amis de travail, c'est moi qui m'occupe de ses plannings. Je mets au point ces voyages, je gère tous ces déplacements en France et bien sûr à l'étranger.

— Cela tombe bien, pourriez-vous me procurer justement tout ce qui concerne ses interventions à Hong Kong, durant toute cette année, les différents vols, les heures d'arrivée et de départ. Et savez-vous comment il se rend à Roissy et comment il en revient, voiture, métro, RER... Voilà, je ne vais pas vous déranger plus longtemps. Si vous pouviez me faire parvenir les documents dans la journée, je vous en serais reconnaissant. Il se peut que nous soyons amenés à nous revoir, n'en soyez pas surprise. Je me permets de vous souhaiter une bonne journée.

— Je rentre au bureau et j'appelle Florence.

— Allo, c'est moi, pourrais-tu chercher sur le net tout ce qui se dit sur une certaine Anne Duport et surtout son adresse.

— Tout de suite maître. Ça a donné quoi à la banque ?

— J'arrive et je te l'explique, je suis au volant et je vois des képis pas très loin.

— À la banque, je suis tombé sur une amie de notre homme, c'est elle qui s'occupe de ses déplacements. Elle doit me faire parvenir l'emploi du temps de ce monsieur pour toute cette année. Je dois te dire qu'elle m'a paru plus proche de lui qu'elle ne veut bien le montrer.

— Pour ton chauffeur de taxi, il n'a vraiment pas le loisir de venir ici, si tu veux le voir, son taxi se trouve devant la gare Montparnasse, tu lui passes un coup de file lorsque tu es sur les lieux. Mais je me suis entretenue avec lui et tout est clair, il a déposé son client, avenue du Maine, le premier novembre. Il était à peu près quatre heures trente. Il l'avait chargé rue Robert Fleury, cette rue que je ne connais pas, se trouve dans le quinzième arrondissement. Et en cherchant à l'instant l'adresse que tu m'as demandée, je me suis rendu compte que cette dernière touchait la rue Cambronne. Et je te le donne dans le mille, qui habite rue Cambronne ?

— Madame Anne Duport, c'est bien cela ? Autrement dit, il n'arrivait pas de Roissy, mais de chez sa copine. Je comprends mieux le rapport de police, ils n'ont pas été chercher plus loin.

— Que veux-tu dire ?

— Je te dis que les enquêteurs se sont fiés aux bonnes paroles de monsieur et madame. L'un dit qu'il arrive de Hong Kong, l'autre à la banque le confirme, et en plus le taxi affirme qu'il a bien déposé son client, avenue du Maine. Pourquoi lui demander l'endroit du chargement ? Et voilà le travail, rien de plus simple. Ce soir il va bien falloir qu'il me donne des explications.

— Oui, mais attends, je n'ai pas fini, le chauffeur m'a bien fait comprendre qu'il a laissé Monsieur Raquin avenue du Maine. À cause des travaux il n'a pas pu prendre la rue Didot pour le déposer devant chez lui, mais que c'est Monsieur Raquin qui lui a demandé de le laisser au bout de la rue du château pour éviter de faire le tour du pâté de maisons. Voilà j'ai fini, tu es content de moi ? Rapidité, efficacité sont les deux marquent de mon travail.

— Je dois reconnaître que tu es un rouage essentiel, sans toi cette agence ne tournerait pas rond. Quelle chance de pouvoir compter sur toi.

— N'en fais pas trop, ça devient ridicule.

— Tu t'en aperçois ! Blague à part, merci.

— Cet après-midi demande à Jean s'il veut bien faire le tour des voisins de notre homme. On aurait dû le faire depuis longtemps. Dis-lui de commencer par l'immeuble de ce dernier, mais de ne pas oublier les bâtiments proches et ceux d'en face. Donne-lui les indications nécessaires, avec un peu de chance, une de ces personnes aura vu quelque chose, on ne sait jamais.

— Et toi, que vas-tu faire ?

— Je retourne au Parisien, je veux vérifier quelques détails. À ce soir.

— La circulation est plus fluide avant quatorze heures, j'arrive devant les locaux du journal, je demande à voir Monsieur Edgar Boiron.

— En attendant, je comprends pourquoi je m'en veux. Eh oui, j'aurais dû aller plus loin dans mes recherches, j'en suis sûr. Si je vois juste, cela pourrait changer la donne.

— Bonjour, Monsieur Duflont, vous avez oublié quelque chose ? Comment allez-vous ?

— Très bien merci. Pourrais-je si cela est encore possible consulter à nouveau vos archives ? Mais cette fois je voudrais remonter en deux mille vingt-deux.

— C'est facile, il n'y a pas de problème, suivez-moi.

— Heureusement qu'il me précède, seul je ne saurais retrouver cette pièce.

— Je vous laisse, vous connaissez la marche à suivre. Pour information, on ferme ici à dix-huit heures.

— C'est plus de temps qu'il me faut, encore merci.

— Je vous laisse.

Je me plonge dans cette année deux mille vingt-deux. Et qu'elle n'est pas ma surprise de voir, après avoir fait défiler le mois de janvier, de découvrir la mort de Madame Chabert Josiane. Le premier février cette femme a été retrouvée morte, tuée à l'aide d'un couteau, dans le onzième arrondissement. La police patauge encore et deux semaines plus tard, plus aucun article sur le sujet. Je continue ma lecture et cette fois-ci, comme je m'y attendais, Monsieur Jérôme Billot est découvert mort, lui aussi dans le onzième, d'une balle dans le dos. Je n'en crois pas mes yeux, le premier août, Paul Wagner a perdu la vie, étranglé près du cimetière du Père-Lachaise. Cette fois-ci il s'agissait d'un petit vieux. Je sais que cela n'a pas d'importance puisque le tueur trouve ses victimes au hasard. Ce qui compte dans le crime de chacun est uniquement le jour, où l'année. Et enfin le premier octobre, le corps d'un homme abattu par un carreau d'arbalète, toujours dans le onzième, retrouvé sans vie. Si on n'a pas su voir et résoudre ces meurtres de l'année deux mille vingt-deux, comment imaginer maintenant que l'on puisse soupçonner qu'ils se soient passés l'année dernière. Comme pour ces derniers de 2023, la police n'a rien vu. Rien ne permettait de voir et de relier ses meurtres entre eux. Pourquoi ma petite personne a pu voir ce lien ? Je me pose la question. En revanche, là où je reste perplexe, c'est sur les deux années qui se suivent, je trouve qu'il n'y a pas besoin de sortir de saint Cyr pour le voir. Comment ont-ils pu passer à travers ? Il me faut prévenir le commissaire, il doit prendre des mesures, sinon c'est son avenir qui risque de disparaître. Il faut réveiller tout ce beau monde, ça ne va plus du tout. Je n'aimerais pas être à la place de ses collaborateurs, ils vont sentir passer un grand vent froid dans le dos.

— Oui Jacques, que veux-tu ?

— Je viens au rapport commissaire.

— J'ai l'impression que je ne vais pas apprécier, au ton de ta voix.

— Ce n'est rien de le dire. Je reviens du parisien, j'ai remonté le temps et tu ne devineras jamais ce que j'ai trouvé ?

— Je donne ma langue au chat ?

— Je fais simple, quatre meurtres identiques à ceux de l'année deux mille vingt-trois, avec les mêmes instruments. Explique-moi comment vous avez pu ne rien voir ?

— Tu veux dire qu'il s'est déjà passé la même chose en deux mille vingt-deux ? Des crimes similaires ?

— Eh oui. Je ne peux pas te parler trop longtemps. Vous ne pouvez plus revenir en arrière, il va falloir assumer, c'est tout. Il faut surtout venir à bout de ces affaires pour se mettre l'opinion publique dans la poche, sans perdre de temps. En attendant, prépare-toi à un tsunami si la direction apprend ce chef-d'œuvre. Je ne dirais absolument rien, je te laisse gérer. Tiens-moi seulement au courant qu'on ne se court-circuite pas.

— Compte sur moi, je te remercie déjà de m'avoir prévenu.

J'avais raison, il s'agit bien du même tueur, mais pourquoi tout s'est passé dans le onzième ? J'ai bien noté que les quatre dates donnent quatorze et onze ou quatorze novembres. Et avec ceux de l'année, deux mille vingt-trois, cela fait : quatorze novembre mille neuf cent quatre-vingt-dix-neuf, il n'y a aucun doute. Que s'est-il passé le 14 novembre de l'année 1999 ? Serait-ce une date de naissance ? Pourquoi pas. Je continue, les pages défilent et voilà le jour dit. J'avais oublié les inondations dans l'Aude, mais à part cela je ne vois rien qui soit susceptible d'amener quelqu'un à commettre huit crimes. Les pages concernant les naissances et les morts ne m'apportent pas plus de réponses. Il ne me reste que celles des faits divers. Je lis, mort accidentelle dans le onzième arrondissement, un véhicule prend la fuite après avoir percuté un passant. Se trouvant sur les lieux, un homme leur apporte comme indice la couleur de la voiture, mais comme il faisait déjà sombre, les enquêteurs doutent de sa véracité, la couleur donnée serait le bleu marine. Il croit aussi se rappeler que celle-ci était immatriculée dans un pays du Moyen-Orient et qu'elle était verte. Un autre est sûr qu'il s'agissait d'une voiture de location. Avec ça, les inspecteurs ont dû marcher sur des œufs, un véhicule d'ambassade mêlé à cette histoire, qu'elle aventure ! Ils ont lancé un appel à témoins pour confirmer les dires de leurs deux spectateurs de l'accident. Je cherche, dans les journaux suivants, le résultat de cet appel. Mais arrivant à la fin du mois, j'en conclus qu'ils n'ont rien trouvé de concret. La victime s'appelait François Vidal, il approchait des cinquante-six ans et il revenait de sa promenade au bois de Vincennes. Lui aussi habitait le onzième arrondissement, il demeurait rue de Montreuil au soixante-dix-sept. Ce devait-être un bon marcheur, car le bois n'est pas à côté, marié, deux enfants. Il apparaît que c'est le seul fait marquant qui s'est déroulé le quatorze novembre mille neuf cent quatre-vingt-dix-neuf. J'ai tout ce qu'il me faut, je dois rentrer, pour le moment je garde tout ça pour moi.

— Jean, as-tu pu trouver quelque chose ?

— Oui, mon tour du quartier a été bénéfique, en tout cas je le pense. Je crois que tu vas être content. C'était tout de même fastidieux ce travail, j'ai passé mon après-midi à faire toutes les boîtes aux lettres et sonner aux portes comme un démarcheur.

— Viens-en vite au but.

— C'est très simple, une voisine de rue de Paul Raquin m'a affirmé qu'il était chez lui le premier novembre dernier et toute la soirée. J'ai pris son nom, Marthe Ridoux, elle habite juste en face de ton client. J'ai bien sûr vérifié, et on voit chez lui comme si on y était, ceci en plein jour bien sûr. Elle en est convaincue, les rideaux étaient tirés, mais il y avait de la lumière. D'ailleurs son mari me la confirmé. Il n'a donc pas pu rentrer vers quatre heures trente comme il le prétend.

— Impossible, le chauffeur de taxi certifie qu'il l'a déposé vers cette heure-là.

— Il a très bien pu prendre un taxi ou sa voiture après le meurtre, et revenir rue du château au bon moment, pour se donner un alibi.

— Si je te suis bien, cela voudrait dire qu'après son acte, il s'est arrangé pour se rendre rue Cambronne et qu'il s'est commandé un taxi pour revenir avenue du Maine. Tu ne trouves pas cela compliqué ? Il serait parti de chez son amie pour y revenir après le meurtre, cela l'impliquerait, elle, dans l'affaire. Et puis quel serait son motif ? Non, cela ne colle pas. Il faut admettre que ce soir-là, il y avait bien de la lumière au vingt-six de la rue Raymond Losserand. C'est vrai que ceci ne nous aide pas, mais on ne peut pas non plus arranger la vérité pour nous faire plaisir. Il me paraît évident qu'un détail nous échappe.

— Tu as raison, je n'avais pas tous les renseignements.

— Ah bon, j'avais dit à Florence de te les donner.

— Ce n'est pas grave, nous savons maintenant et grâce à toi une chose essentielle. Je dois avoir une discussion sans tarder avec notre ami. Comment pouvait-il se trouver à Hong Kong et rue Edouard Jacques en même temps ? Il a le don d'ubiquité, ce n'est pas possible. Elle ne m'a toujours pas fourni son emploi du temps, qu'attend-elle ? Je l'appelle.

— Madame Duport ?

— Oui, je sais pourquoi vous m'appelez, je n'ai pas eu une minute à moi, mais c'est tout prêt, je vous l'envoie immédiatement. Tout va si vite, excusez-moi. Je suis après tourné en bourrique.

— À l'attention de tout le monde, je retourne chez Raquin de ce pas, ne me cherchez plus.

— Monsieur Raquin, je suis en bas de votre domicile, puis-je monter ?

— Que me voulez-vous encore ?

— Peut-on se voir quelques minutes ?

— À quel sujet, cette fois ? Bon, vous n'allez pas me laisser en paix, montez, j'ouvre la porte.

— Bonjour, n'oubliez pas que je travaille pour vous.

— Je le sais, merci. Pardonnez-moi, mais cette affaire est très ennuyeuse pour mon avenir.

— J'attaque, comment se fait-il que le chauffeur de taxi nous apprenne qu'il vous a pris en charge rue Fleurie ? Près de la rue Cambronne si vous voyez ce que je veux dire.

— Je savais bien que cela finirait comme ça, Anne m'avait prévenu.

— Alors j'attends. Pourquoi m'avoir menti ?

— Quand l'inspecteur a pris ma déposition, je lui ai dit que je revenais d'Asie, ce qui est vrai. La BNP a aussi confirmé mes dires. Sauf, que je devais rentrer le 30 octobre, je vous expliquerais après. Le chauffeur de taxi avait confirmé qu'il m'avait déposé à quatre heures trente avenue du Maine. Tout ceci n'est pas faux. Et cela a suffi à vos collègues. Ce qui m'arrangeait également.

— Et pourquoi ?

— Très souvent je finis mon travail à Hong Kong beaucoup plutôt que me le demande la banque, alors souvent j'avance mon retour. Je rentre avec un jour où deux d'avance et je les passe avec Anne, rue Cambronne, chez elle. Nous sommes amis depuis plusieurs années, et nous ne voulons pas que notre relation soit connue de tous nos collaborateurs. La banque n'a pas à connaître notre vie privée. Et comme vous l'avez constaté, même entre nous, nous gardons certain côté de notre intimité, c'est pourquoi nous vivons toujours encore chacun chez soi.

— Tout ceci est très bien, mais je suis embêté, car un témoin affirme que vous étiez chez vous dans la soirée et la nuit du 30 octobre.

— C'est impossible, nous étions ensemble chez Anne, je viens de vous le dire.

— Les affaires se compliquent pour vous, après votre mensonge et les confidences de votre voisine, la police n'aura plus aucun doute, je ne donne pas cher de votre peau. Je suis désolé, mais je ne vois pas comment je pourrais garder tout cela pour moi.

— Allez voir Anne, elle vous confirmera que j'étais bien chez elle.

— Oui, mais c'est votre amie, son témoignage ne sera pas pris en compte à sa juste valeur. Et rappelez-vous, ce jour-là, le 30 octobre, êtes-vous resté enfermé chez elle toute la journée ?

— Non, nous sommes allés au restaurant à midi. Mais pour la soirée, oui, nous étions à l'appartement. Je l'ai quitté vers quatre heures vingt.

— Et comment pouvez-vous expliquer la lumière chez vous ?

— Je ne vois pas, car quand je pars, j'arrête toujours le compteur électrique.

— Bien, je vais vous abandonner, essayez de réfléchir à tout ceci, si quelque chose vous revenait, appelez-moi, voici ma carte. Demain je vais aller parler au commissaire et nous verrons ce que nous pouvons faire. Mais je crains que vous ne puissiez échapper à une mise en examen et certainement à une perquisition. Je ne devrais pas vous le dire, mais prévenez votre amie, elle aussi va connaître les joies d'un interrogatoire. Je voulais vous demander, est-ce que le quatorze novembre mille neuf cent quatre-vingt-dix-neuf vous dit quelque chose ?

— Non, cela ne me dit rien du tout. Enfin, il y a bien eu la mort accidentelle de Monsieur Vidal qui était le directeur de la banque où je travaillais, mais je ne me rappelle pas le jour, Pourquoi ?

— Pour rien. J'ai peut-être le tort de vous croire, il me semble que vous me dites la vérité, ne vous en faites pas, elle finira bien par éclater. Je vais essayer d'intervenir pour vous deux, il ne faudrait pas que la machine journalistique s'emballe, elle est sans pitié. Gardez confiance, je vous rappelle demain. Au fait, prévenez votre banque et trouvez une excuse pour rester chez vous. Je vous laisse pour de bon.

Le 15 novembre

Ce matin, je n'ai pas le loisir d'aller prendre mon café, hier au soir en rentrant j'ai appelé mon oncle, et je dois passer le voir à son domicile de suite avant qu'il rejoigne son bureau.

— Bonjour, c'est une tuile qui vous arrive, la grande maison va prendre une vraie fessée.

— Bonjour, c'est comme ça que tu me remontes le moral… Tu prends un café ?

— Avec plaisir, je n'ai pas pu le prendre à cause de ta convocation si matinale, je ne savais pas que tu te levais si tôt.

— Ne sois pas ironique, veux-tu ? Bien, recommence tout depuis le début, hier il était tard, je n'avais pas les idées très claires, nous revenions d'un dîner chez Monsieur le Procureur.

— Que de mondanités, comment fais-tu pour supporter ce type ? Il est tellement toujours sûr de lui, je ne pouvais plus le supporter.

— Ne t'énerve pas, nous aurons sans doute besoin de lui.

— C'est très simple. Je t'ai parlé de Paul Raquin, le témoin qui a découvert le corps en rentrant au petit matin chez lui. Ce monsieur arrivait de Hong Kong. Mais il a reconnu qu'il était déjà à Paris depuis deux jours. Il m'affirme qu'il n'était pas chez lui, et cela j'ai pu le vérifier, mais chez une amie. Seulement le problème, c'est qu'il a menti, en nous faisant croire qu'il n'était pas en France ce matin du trente octobre. Je dois avouer que tes hommes n'ont pas été très bons sur ce coup, ce n'était pas très difficile de découvrir la supercherie. Le plus important, une voisine affirme que notre client était chez lui cette nuit-là, elle a vu de la lumière avec son mari. À moins qu'il se dédouble, je ne vois pas comment il pourrait-être à deux endroits en même temps. Tout cela est absurde, il n'a pas de motif.

— C'est justement ce que nous savions déjà, tu te heurtes au même problème que nous, voilà pourquoi nous avons dû classer ses affaires.

— Ne va pas trop vite en besogne, nous parlons là des crimes de cette année. Tu sais que je ne crois pas que tous sont le fruit du hasard, le tueur veut nous dire quelque chose, cette date le 14 novembre mille neuf cent quatre-vingt-dix-neuf représente pour lui un évènement important de sa vie.

— J'ai beaucoup réfléchi cette nuit à ce que tu m'as annoncé, voilà ce que nous allons faire. Nous allons faire paraître une annonce dans le journal, elle concernera un des meurtres de l'année deux mille vingt-deux. Il faut donner un détail que seul le tueur puisse savoir et nous y ajouterons que nous-même savons tout, comme ce a il comprendra que nous sommes toujours sur ses traces. Il faut le faire sortir de son trou, il doit se manifester. J'aimerais engager de loin un dialogue avec lui. Il faudrait que nous sachions s'il veut encore gonfler son tableau de chasse. Qu'en penses-tu ?

— Pourquoi pas ? Attention s'il y a la moindre fuite, si cela s'ébruite, nous courons à la panique dans Paris. Il ne faudrait pas que tout se retourne contre nous et que l'on devienne la risée de la France.

Il est malin, on ne l'a pas encore chopé, alors qu'il a déjà agi plusieurs fois.

— Je ne fais pas souvent ce genre de chose, mais là, il ne nous reste guère de choix. Pour le moment, pas un mot sur Raquin. Tu es vraiment sûr de lui ?

— À cent pour cent et je le tiens à l'œil.

— Tu vas le prévenir, il faut qu'il continue sa vie comme si de rien n'était, tout reste en l'état. Lui et son amie restent à notre disposition, ils peuvent s'estimer heureux. N'oublie pas de vérifier ses sorties du territoire pour l'année deux mille vingt-deux, voire si les dates correspondent encore aux crimes. Tiens-moi au courant.

— Pour le journal, auquel penses-tu ?

— Je pensais au Parisien, c'est le plus lu dans Paris et sa banlieue.

— Parfait, son directeur fait le nécessaire chaque fois que nous avons besoin de lui. J'appelle Raquin. Bonne journée.

— Oui, amuse-toi bien.

— Tu embrasses ma tante.

— Elle dort encore.

— Quelle chance.

— Je vais passer par le bureau, Florence et Jean doivent connaître eux aussi les faits. Jean va s'occuper de Raquin, il ne doit pas le lâcher d'une semelle.

— Eh bien dit donc, j'ai l'impression que les choses ne traînent pas. Comment va ton oncle ? Et bien sûr ta tante ?

— Ils vont bien. Laisse-moi t'expliquer pour le reste. Nous avons pas mal de choses à faire. La police va essayer de mettre la pression sur celui que l'on cherche en passant une annonce dans le journal, ce qui devrait l'inquiéter. Nous on doit surveiller le couple Raquin-Duport, Jean va rester sur le coup. Je dois y retourner tout à l'heure, je voudrais savoir comment les voisins peuvent voir de la lumière alors que le compteur est coupé. Si je résous le mystère, nous aurons effectué un grand pas. Toi, tu vas me chercher le plus de renseignements possible sur Monsieur François Vidal, ancien directeur de la banque BNP, décédé en mille neuf cent quatre-vingt-dix-neuf à Paris. Je ne crois pas que je puisse rentrer déjeuner à midi, à ce soir, je t'aime.

— C'est parti, je file chez Raquin.

— C'est encore moi.

— J'ouvre.

— Bonjour.

— Entrez, je vous écoute.

— On dirait bien que la roue tourne pour vous. Malgré tous vos mensonges, j'ai fait tout mon possible pour vous aider. Côté police, pour le moment vous ne risquez rien, on est tranquille. Vous pouvez reprendre le travail, prévenez aussi votre amie. Par sécurité, je pense même que vous devriez aller vivre chez elle, l'assassin va bientôt savoir que nous sommes en possession de pas mal d'indices, il pourrait chercher à éliminer les personnes gênantes, bien que je ne pense pas que ce soit sa manière de fonctionner, sait-on jamais. Moins il y a de témoins, mieux c'est.

— Merci, vis-à-vis de la banque, vous nous sauvez la vie. Je n'aurais pas su quoi leur dire.

— J'aimerais savoir, depuis combien de temps habitez-vous ici ? Est-ce que l'appartement vous appartient ?

— Oui je l'ai racheté il y a maintenant au moins trois ans. C'est pratique, je ne suis pas très loin de l'agence de la rue Lecourbe et il m'est très aisé de me rendre rue d'Antin au siège parisien de la BN Paribas.

— Et vous rappelez-vous à qui vous l'avez acheté ?

— Je l'ai oublié, il appartenait à une vieille dame qui était malade, je ne l'ai jamais vu, tout s'est fait chez le notaire par procuration. Les papiers sont dans mon garage. Si vous le voulez, avant de partir je peux les chercher, mais j'en ai pour pas mal de temps.

— OK, faites ce que vous pouvez. Vous me le direz quand vous aurez remis la main dessus. Je compte sur vous, faites le plus vite possible, c'est important.

— J'appelle Pierre Rolland.

— Allo, ici Jacques Duflont.

— Comment allez-vous ? En tout cas de mon côté, j'ai eu le commissaire, nous nous connaissons depuis de nombreuses années. Je suppose que vous désirez savoir ce que nous nous sommes dit, ou plutôt ce qu'il m'a demandé ?

— Non, je le sais déjà, juste que vous me disiez quel homicide il a choisi et quand doit paraître cette annonce.

— Il m'a demandé de faire au plus rapide, elle sortira donc demain matin, nous avons bouleversé notre première page, quant au meurtre, c'est celui du premier août deux mille vingt-deux, Monsieur Henri Wagner, retrouvé mort par étranglement, dans le onzième arrondissement. Ce que monsieur le commissaire m'a demandé de rajouter, c'est que pour pouvoir le tuer, l'assassin l'avait immobilisé et réduit au silence avec un taser. Cette information n'a jamais été divulguée à la presse. Ceci devrait l'attirer, qu'en pensez-vous ?

— L'idée me semble bonne, il n'y a plus qu'à attendre. Je sais également que ce monsieur promenait son chien, cela pourra peut-être nous aider plus tard. N'en parler à personne, on ne sait jamais.

— Je tenais à vous remercier, je sais bien que c'est grâce à vous, mon journal va bénéficier d'une bonne publicité avec ce coup-là. Le tirage devrait augmenter, ce n'est pas à négliger par les temps qui courent.

— Je suis sûr que ce n'est pas fini, il y aura d'autres messages, tenez-vous prêt. À bientôt.

— Nous serons à coup sûr fin prêts, merci.

— Tout va bien. Et c'est parti, espérons que son plan se déroule sans accrocs.

— Florence ?

— Je t'écoute, mais avant laisse-moi te dire que ton bonhomme, ce n'était pas n'importe qui. C'est lui qui avait programmé la fusion de la BNP et de PARIBAS. Il devait en faire la plus grosse banque de dépôt et d'affaire française.

— Pourquoi devait ?

— Parce qu'il est mort juste avant. La fusion a eu lieu en deux mille, et lui est mort en mille neuf cent quatre-vingt-dix-neuf, d'un accident de la route, si on peut dire.

— Que me caches-tu encore ?

— Il revenait à pied du bois de Vincennes quand il a été percuté par un véhicule qui a pris la fuite.

— Tout ça, je le sais déjà. C'est pour cela que je t'ai demandé d'effectuer des recherches sur lui.

— Je continue. Il avait seulement cinquante-six ans. Marié à Jane Vidal, décédée depuis maintenant près de trois ans d'un cancer. Couple sans histoire, ils habitaient rue de Montreuil, inutile d'ajouter qu'ils n'avaient pas de problème financier. Pour la police il ne s'agit pas d'un meurtre, mais bel et bien d'un accident, sachant tout de même que le chauffard a pris la poudre d'escampette et que la voiture si on en croit le seul témoin semblait être un véhicule d'ambassade, mais il serait plus judicieux de ne pas prendre ceci comme une affirmation. Je ne peux pas te certifier que la police a poussé très loin ses investigations. Tu t'en rends compte, si les dirigeants d'une banque s'éliminaient entre eux, quel scandale ! Et si l'auteur des faits était un diplomate, je n'ose y penser. Je suis persuadé que par méfiance, les enquêteurs avaient tellement peur de ce qu'ils pouvaient découvrir, qu'ils n'ont même pas cherché d'indices dans le cas où ce drame serait un banal accident de la route. Ils ont bien lancé un appel à témoin, mais sans conviction.

— Tu ne m'apportes guère de nouveauté.

— A bon et tu connaissais peut-être Jane Vidal ?

— Non, je dois le reconnaître, mais à quoi cela peut me servir ?

— Justement je n'ai pas fini, Monsieur. J'ai lu que cette dame possédait un appartement au moment de sa mort, au vingt-six de la rue Edouard Jacques. Est-ce que cela te dit quelque chose ?

— Bien sûr, tu es une perle. Voilà encore un point commun entre Paul Raquin et les meurtres. Et surtout avec celui d'Henri Vidal. Je vais lui faire la surprise. Au fait, Jean est sur le coup ?

— Bien sûr, pour qui me prends-tu ?

— Tu vois, j'attendais que Raquin me donne le nom de l'ancien propriétaire, je ne savais pas à quoi cela pourrait me servir, mais maintenant ceci devrait m'aider à trouver comment il peut y avoir de la lumière chez lui, quand il n'y est pas. Celui qui se le permet a réussi à brouiller toutes les pistes.

— Tu devrais avec un serrurier retourner sur les lieux, il te dira si c'est une serrure compliquée, si on a déjà essayé de la forcer sans laisser de traces.

— Moi, je ne vois qu'une possibilité, il a déjà les clefs.

— Et comment a-t-il fait pour se les procurer ? Il les a volés ?

— Raquin s'en serait rendu compte.

— Il existe pourtant des artistes dans ce milieu-là, c'est pointu d'ouvrir une porte. Tu es où ?

— Juste devant chez nous.

— Tu ne serais pas un peu idiot, rentre veux-tu ?

— Non, je dois retourner à la banque rue Lecourbe, ce coup-ci je veux parler au directeur. La dernière fois, il m'a paru sympa et je suis certainement passé à côté de quelque chose. Je n'ai pas encore vu et vérifié les emplois du temps de tous les employés. Car je pense qu'il est possible qu'un de ceux qui gravitent autour de Raquin veuille éliminer un collègue mieux placé, soit par jalousie, soit par intérêt.

— Ce n'est pas complètement à exclure, tu m'as toujours dit que tout est possible dans la vie, en bien comme en mal. Alors pourquoi pas, les temps sont durs, et que pour de l'argent, l'être humain est capable de bien des bassesses. Il ne faut pas non plus oublier que pour salir l'image d'un concurrent, tous les coups sont permis. En lui collant une mauvaise image, par exemple une mise en examen, dans ce milieu bancaire, aura sûrement l'effet escompté de le mettre à la porte ou au placard.

— Tu vois, d'en parler, cela me permet de me rendre compte que cette idée dans le fond ne rime à rien. Tuer pour prendre la place d'un autre, dans ce milieu et à la place qu'ils occupent, serait suicidaire si elle rate et absurde si tout se passe comme prévu. Si on n'y réfléchit bien, on ne parle pas de milliard pour les uns ou les autres, à se mettre dans la poche.

— Très juste, tu as raison. On a trop le nez dessus, prenons de la hauteur.

— Attends, on m'appelle.

— Monsieur Duflont ?

— Oui.

— Paul Raquin. J'ai remis la main sur les documents, toute la transaction s'est passée chez maître Truchard dans le Onzième près de chez Madame Vidal.

— Et pourquoi ? Qu'avait-elle avoir avec cette vente ?

— Justement, l'appartement lui appartenait. Monsieur Vidal l'avait acheté pour faire un placement financier. À sa mort, c'est sa femme qui en a hérité. Et voilà comment j'ai eu affaire avec cette dame.

— Dernière chose, avez-vous connu Monsieur Henri Vidal, son mari.

— Personnellement non, quand je suis entrée à la BNP, il était le grand manitou. J'ai appris sa mort dans un accident de la route, vers la fin mille neuf cent quatre-vingt-dix-neuf.

— Et je voulais vous demander, avez-vous eu des problèmes avec votre serrure ?

— Non, pourquoi ?

— Comme ça. Toujours la même chose, comment quelqu'un entre chez vous pendant vos absences ?

— Je ne le comprends pas également.

— Pour l'instant, de ce côté on ne peut plus rien faire, s'il vous revient des souvenirs, n'hésitez pas, vous savez comment me joindre. À bientôt. Au fait je passe à la banque, ne vous en faites pas, ce n'est pas pour vous. Je n'ai pas fini de fouiner, je veux en savoir plus sur tous vos amis, nous nous verrons là-bas.

— Oui, j'y vais maintenant, je ne veux pas qu'ils s'imaginent des choses. Je dois vite me montrer comme si de rien n'était, j'ai prévenu Anne, elle me rejoint.

— Très bien, vous avez raison, annoncez-lui quand même ma venue qu'elle ne se fasse pas trop de mauvais sang.

— Monsieur le directeur, merci de me recevoir, je viens encore vous déranger dans votre agence.

— Absolument pas, je vous écoute.

— Je tiens à vous informer que nous sommes sûrs désormais que Monsieur Paul Raquin n'a rien avoir avec tous ces meurtres, quelqu'un s'est servi de lui, il nous a fait croire qu'il s'agissait d'un psychopathe, pourquoi ? Je vous vois tout perplexe, ne vous m'éprenez pas, je ne vous demande pas de mettre à ma place. Pourriez-vous me parler de vos collaborateurs ? Pensez-vous que l'un d'eux aurait le profil de l'homme que je cherche ?

— Vous me demandez là quelque chose de terrible, mais je ne le pense pas, je ne vois pas ce qui pourrait pousser l'un deux à commettre l'irréparable. Personne ici, à part Anne Duport, est concerné par les activités de Paul. Ce n'est pas chez nous que vous trouverez l'assassin, je peux en mettre ma main au feu. Quanta ceux qui s'occupe des placements financiers à l'étranger, je ne peux rien vous en dire, pour la simple raison que je ne connais aucun des autres employés à ces taches. Vous devriez prendre contact avec la grande direction de la banque, rue de Pantin.

— C'est un monde que je ne connais pas, j'aurais aimé les éviter, mais je vois que je n'ai plus le choix. Je ne crois pas que nous nous reverrons, je vous laisse, encore merci.

— En tout cas, je vous suis reconnaissant de ne pas avoir ébruité cette affaire, il n'y a pas eu de tapage médiatique autour, c'est un bien pour notre banque.

— Pour vous c'est fini, mais je crains que bientôt la presse s'en empare, et cela risque de faire du bruit. Je vous dis au revoir.

— Encore une journée de passée, je sens que j'avance, mais cela ne se concrétise pas comme je le voudrais. À chaque pas en avant, j'ai la sensation bizarre de rester sur place. Je n'arrive pas à dérouler comme on dit. C'est comme un problème de math, j'ai presque la solution, mais je ne possède pas le raisonnement. De toute façon c'est fini pour aujourd'hui, je rentre à la maison.

— Florence, je rentre, ce soir veux-tu que nous allions au cinéma ?

— Je te connais, ça n'a pas l'air d'aller ?

— Si, mais je fais du sur place. Il faut attendre que le loup sorte du bois, allons-nous changer les idées.

— OK, ton oncle a appelé.

— Que veut-il ?

— Je crois qu'il aimerait te voir demain. Je n'ai pas tout compris, en tout cas il veut te voir demain, il a de nouvelles informations susceptibles de t'intéresser au plus haut point. Je lui ai dit que tu passerais demain matin.

— Tu as bien fait, mais ce soir on ne pense plus à tout cela, j'arrive, prépare-toi.

Le 16 novembre

— Comment vas-tu Gilles ?

— Les affaires sont bien calmes en ce moment. Avec tous ces prix qui ne font que grimper, je me demande ce que l'on va devenir. As-tu vu le prix du gaz et de l'électricité ? Ils veulent nous tuer. Nos dirigeants ne se rendent compte de rien, ils sont vraiment à côté de leurs pompes, tout part à vau-l'eau. Et toi, tu avances ?

— Je me suis engagé dans une drôle d'aventure, rien n'y est bien simple.

— Si c'était facile mon grand, ton affreux, il serait déjà derrière les barreaux.

— Tu as raison, as-tu le parisien ?

— Je te l'amène, va t'asseoir.

— Merci patron.

— Allo, monsieur le commissaire ?

— Qui veux-tu que ce soit ?

— Tu voulais me parler ?

— Oui, pour t'éviter du travail, j'ai dans mes relations un ami, ancien cadre de la BNP qui a bien connu François Vidal. Ils travaillaient ensemble au moment de la fusion et donc de l'accident. Si tu pouvais passer ce matin, je t'expliquerais tout ça, je crains que ce ne soit trop long au téléphone. L'histoire est complexe, tu verras par toi-même.

— Je passe au bureau ?

— Oui, je t'attends.

— Bonjour, je viens voir le commissaire.

— Il m'a prévenu, entrez, il vous attend.

— Alors quoi de neuf, docteur ?

— Prends un siège et ouvre bien tes oreilles. L'histoire débute en Amérique, une jeune fille, Jane Clifford, épouse Robert Mulligan de quatre ans son aîné et ils n'ont pas fini leurs études de droit. Elle est d'un milieu simple, mais petite bourgeoisie quand même. Lui vient d'un milieu très aisé ou depuis sa plus tendre enfance, il vit une période difficile, toujours en rébellion contre ses parents et ses professeurs. Sur un coup de tête, il se marie et sans prévenir quelques années plus tard, il s'engage pour la guerre du Viet Nam en mille neuf cent soixante-neuf. Il est libéré de son engagement en mille neuf cent soixante-treize. Il en revient sans aucun problème ? Alors que beaucoup de ses condisciples ont été marqués par tout ce qu'ils avaient vu et vécu là-bas.

Mais cet ami m'a confirmé que le traumatisme existait bien et était très profond, sa femme ne cessait de mettre ses beaux-parents en garde. Mais ces derniers ne voulurent pas voir les dégâts psychologiques que cette guerre avait provoqués chez leur fils. Ce qui s'accentua aux files des ans. Une fois le cabinet d'avocat ouvert, en mille neuf cent soixante-dix-huit naquit leur fils John. Leur vie vue de l'extérieur semblait se passer sans problème, mais Jane voyait bien que son mari changeait de plus en plus, il ne supportait pas la moindre contrariété, il était irascible, coléreux, pour elle ce n'était plus le même homme. Elle s'était confiée à des amis, Robert lui faisait maintenant peur, et elle redoutait qu'il finisse de s'en prendre à elle. Ce qui devait arriver arriva, durant l'année mille neuf cent soixante-dix-neuf, il tua un homme dans un bar à la suite d'une bagarre provoqué par une moquerie sur les vétérans du Viet Nam.

— Il avait le sang chaud ton bonhomme. Et pourquoi n'avait-il pas voulu se faire soigner ?

— C'est trop tard pour refaire l'histoire. Tout ceci a été évoqué durant le procès, mais malgré les circonstances atténuantes, il fut condamné à quinze ans d'emprisonnement.

— Viens-en au fait. Comment sa femme a fini par se retrouver en France ?

— Durant son internement, elle en a profité pour demander le divorce.

— On connaît la chanson, cela n'est pas nouveau. Je la comprends, seule avec un enfant, la vie n'est pas aisée et vivre ceci aux États-Unis ne doit pas être facile, tout est tellement surmultiplié là-bas.

— Même leurs amis et ce qui restait de leurs clients ont confirmé ses dires. Il fallait qu'elle change d'air si elle voulait survivre. Au travail, c'est elle qui traitait tous les dossiers et justement ce fut une chance pour elle. C'est ainsi qu'elle rencontra François Vidal au cours d'une soirée à la suite d'un procès gagné pour la banque de ce dernier.

— Que faisait-il à New York ?

— Son travail, à l'époque il exerçait la fonction de Paul Raquin, mais lui, aux États-Unis. Après cette première entrevue, ils se sont rencontrés à de nombreuses reprises et ce qui devait se passer arriva. Le divorce une fois obtenu, ils sont rentrés tous les trois en France. John était en admiration devant cet homme qui représentait tout ce que son père ne lui avait pas donné. D'après mon ami, François Vidal s'est occupé de John comme si ce dernier était le fils qu'il n'avait jamais pu avoir, car sa fille ne lui rendait que peu d'amour, trop attachée à sa mère.

— C'est très beau, mais je ne vois pas le rapprochement avec ce qui s'est passé chez nous.

— Attends, qu'est-ce que tu peux être pressé ?

— À ma place, tu verrais que je n'ai pas de temps à perdre, et toi non plus.

— J'y viens, François a décidé un jour d'euphorie avec celle qui était devenue sa femme en mille neuf cent quatre-vingt-neuf, qu'il serait judicieux que John devienne lui aussi Français. D'abord pour le travail et puis pour une probable succession. Ils décidèrent donc que François devait adopter John. Jane pour ne rien cacher à son ex-mari, le fit prévenir par sa famille, elle était restée en bons termes avec eux, ils l'avaient soutenu pendant toute cette douloureuse période. Et il faut savoir que Robert ne s'était jamais manifesté depuis son arrestation, comme s'il n'avait pas d'enfant. Les grands-parents ne faisaient pas de mystère de ce que prévoyait leur belle fille, ils l'encourageaient même, convaincus que leur petit-fils serait mieux élevé par cet homme que par son propre père. Malheureusement, ils décédèrent dans un accident de la route, où le frère jumeau de Robert, Burt Mulligan, qui avait trente-neuf ans, périt également avec eux et dont on ne retrouva jamais le corps. Ce dernier devait avoir lui aussi des problèmes, puisqu'il vivait encore chez papa et maman. La disparition de ce dernier a été attribuée aux bêtes sauvages qui pullulaient alors dans ces contrées inhospitalières. Ils revenaient tous les trois de vacances dans le parc de Yellowstone, état du Wyoming. À partir de ce jour, Jane et John n'eurent plus aucunes nouvelles de Robert. Avec tout ce que nous savons, je commence à comprendre les fêlures que Robert portait en lui. Alors, commences-tu à voir où je veux en venir ?

— Pas vraiment.

— Je t'avoue que c'est un peu tiré par les cheveux, mais je sais par mon ami que lors de l'accident de monsieur Vidal, John était convaincu que ceci était l'œuvre de son père génétique. Personne ne l'a écouté, pourtant ses dires étaient d'après lui dictés par sa sœur qui n'a pas reconnu les faits. La police non plus n'a pas tenu compte de ses affirmations. Ils ont juste recherché sa trace, mais ils n'ont rien trouvé.

— Mais pourquoi le chercher, il n'était plus en prison ?

— Et non, tu ne m'écoutes pas. Il est sorti en mille neuf cent quatre-vingt-quatorze. Et depuis, il s'est volatilisé. Imagine, si c'était lui l'assassin. Ne supportant pas que François adopte son fils et sachant qu'il lui a déjà pris sa femme, il aurait pu encore une fois péter les plombs. Cela fait beaucoup pour un seul homme. Surtout s'il est déséquilibré, tu ne crois pas ?

— Oui, je te suis et tu penses qu'il pourrait être l'auteur des meurtres ? Quel intérêt aurait-il eu à éliminer tous ces gens ?

— Il est cinglé. Je vais en parler à un psy. Que penses-tu de cette piste ?

— Je n'en sais rien, mais je ne peux pas rejeter la main que tu me tends. On ne doit rien négliger, avec le peu d'indices dont on dispose, il ne faut pas faire les difficiles. Toujours est-il, qu'il nous faut maintenant retrouver ce John Mulligan. Quel nom porte-t-il maintenant ? Et que fait-il dans la vie ? Le retrouver est notre priorité.

— Avec un beau-père dans la banque, il serait étonnant qu'il n'ait pas suivi le même chemin.

— Peux-tu voir avec la BNP ?

— Bien sûr, je m'en occupe.

— Je te remercie pour cette belle histoire, elle devrait nous aider. Plus j'y pense et plus je me dis que tu as sans doute raison, je dois creuser le sujet.

— Dernière chose qui n'a pas d'importance, mais François Vidal avait deux enfants. John qu'il avait adopté et une fille d'un premier mariage, c'est tout, je préfère que tu le saches au cas où elle prendrait contact avec toi. Je ne te retiens pas, creuse bien.

— À bientôt.

— Une fois dans mon véhicule, j'ai pensé que Raquin saurait certainement si le fils Vidal travaille encore ou a travaillé à la BNP. Je n'ai pas le choix, je dois retourner à la banque.

— Ah, madame Duport, je ne veux déranger personne, je suis à la recherche d'un individu qu'il se pourrait que vous et Paul connaissiez ou que vous en ayez entendu parler.

— De qui s'agit-il ?

— Monsieur John Vidal, ou John Mulligan. Le fils de Madame Vidal, la personne qui a vendu l'appartement de la rue Edouard Jacques à Paul.

— John, nous le connaissons très bien, c'est un ami qui nous est très cher. On se voit souvent, il travaille comme Paul à la BNP et dans le même domaine. Mais lui s'occupe des affaires sur le continent américain, principalement New York. Nous nous invitons après chaque déplacement, c'est devenu une habitude.

— Je dois vous dire que pour une fois, la chance est avec moi. Sans doute pouvez-vous me donner son adresse ? Habite-t-il toujours rue de Montreuil dans le onzième ?

— Non, ce n'est plus son adresse, l'appartement lui venait de son père, mais il me semble qu'il a dû le céder à sa sœur, au décès de leur père. Mais il serait plus simple que vous veniez demain soir dîner à la maison rue de Cambronne, justement il sera là. Si vous pouviez lui éviter ce que nous avons nous vécut avec votre intrusion sur notre lieu de travail, il vous en sera reconnaissant. Il se livrera plus facilement avec vous. Avant que vous arriviez, nous lui expliquerons votre rôle dans la recherche de la vérité sur la mort de son père et des autres victimes. Venez à dix-neuf heures trente, vous pourrez discuter plus à votre aise.

— Juste une dernière chose, connaissez-vous également la sœur de John ?

— Pas vraiment, je ne sais pas s'ils s'entendent si bien que cela. Il n'en parle presque jamais. Nous ne connaissons que son prénom, Louise. Je crois savoir qu'elle n'habite pas à Paris, en tout cas nous ne l'avons jamais rencontré ni même vu.

— Comment vous remercier, c'est très gentil à vous. Je ne vous dérange pas plus, merci et à demain soir.

— Florence, je rentre immédiatement, je n'ai rien pu avaler de la journée, j'ai une faim de loup. Plusieurs choses, demain soir, je prends l'apéritif avec le fils de François Vidal. Il faudrait que de ton côté tu puisses me trouver des renseignements sur Louise Vidal, sa sœur. Je t'explique tout ceci dans une demi-heure, c'est le temps qu'il me faut pour rentrer, à tout de suite.

— Alors, tu m'expliques.

— Je prendrais bien un verre de vin blanc, veux-tu m'accorder deux minutes pour respirer, s'il te plaît ?

— Quand c'est toi, il faut toujours aller plus vite. Si tu commences, je te serre ton verre.

— Bien, en premier j'ai appelé le commissaire.

— Ton oncle ?

— Qui d'autre ?

— Pourquoi ne le nommes-tu pas par son nom ou son prénom ?

— C'est comme ça, on en reparlera plus tard, veux-tu ? Toujours est-il qu'il m'a appris que Vidal était divorcé et remarié avec une Américaine, Jane. Cette dernière avait un fils de dix ans, John. François Vidal, quant à lui, était le père d'une fille de son premier mariage, plus âgée que John. François Vidal a fini par adopter ce garçon, celui-là même que je dois rencontrer ce soir, chez Raquin puisqu'ils sont amis. Ils se sont connus sur les bancs du lycée, tu n'ignores pas qu'en troisième, les lycéens doivent faire un stage en entreprise. Inutile de te dire que les deux amis sont entrés à la BNP. Il faut croire qu'ils ont apprécié, car les deux ont fait carrière dans cette même banque, faut dire qu'ils étaient bien chaperonnés. Maintenant comme tu le sais Raquin officie en Asie et John s'occupe lui des États-Unis. J'aimerais bien en savoir davantage sur cette sœur, j'espère en apprendre plus demain soir, mais si tu veux, ce soir je ne t'empêche pas de chercher tout ce que tu trouveras sur elle. Cela me donnera un peu d'avance pour demain. Je rentrerais donc un peu plus tard demain soir.

— Je trouve que tout est entremêlé dans ces affaires. Je me demande comment tu fais pour t'y retrouver.

— Demain doit sortir l'annonce dans le Parisien, je compte bien que notre inconnu morde à l'hameçon. Pour l'instant nous sommes sûrs que Raquin n'est pas le coupable, en revanche il se peut qu'il soit de mèche avec l'auteur des crimes. Il me reste le fils, John, bien que tous les témoignages prouvent son attachement à son père d'adoption. Mais je sais aussi que dans les adoptions, tout n'est pas rose souvent au bout de plusieurs années, quand les enfants devenus adultes veulent savoir ce que sont devenus leurs parents génétiques, les choses se gâtent.

— Je pense que c'est plus au moment de l'adolescence, tu ne crois pas ?

— Sans doute. Et la sœur ? On verra plus tard. La mère, je n'ai rien sur elle, pourquoi ont-ils divorcé ? J'aimerais connaître les relations père-fille et père-fils. J'oublie frère et sœur.

— Et que penses-tu des relations mère-fille et femme-mari ?

— Tu as encore raison, et sans perdre de vue l'ex-mari de Jane. Qu'est-il devenu ? S'il est toujours en vie, à la mort de ses parents, il a dû toucher le pactole. S'est-il fait soigner, est-il guéri ? D'après la fortune, il peut vivre jusqu'à la fin de ses jours, à moins qu'il ne soit plus en vie. Mais John serait au courant. Tu te rends compte comme j'ai besoin de toi. Partagez-vous le travail avec Jean.

— Oui tu n'as pas tort. Nous allons creuser de ce côté-là. Attends-moi, je vais au bureau, voire Jean, il n'est pas encore parti. Je vais lui demander d'axer ses recherches sur la mère et la fille, moi je vais m'occuper du père et du fils. Crois-tu que les de Laroche pourraient nous aider ? Avec toutes leurs relations au quai d'Orsay, ils ne devraient pas rencontrer de problème, s'ils veulent bien nous aider ? Car pour entrer en contact avec l'ambassade américaine, il nous faudrait vraiment avoir des amis au sein de cette maison qui nous est étrangère.

— Dès que tu reviens, on dîne et un bon film. Je n'ai pas envie de réfléchir encore à tout cela ce soir, vivement qu'on se couche.

Le 17 novembre

— Et bonjour, bien dormi ?

— Oui, mais les nuits sont trop courtes. Tu dormais tellement que je n'ai pas osé te réveiller. Je suis allé voir ce que je pouvais trouver sur cette famille. François Vidal protégeait sa vie et les siens, et je n'ai rien sur sa première femme. Cependant sur sa fille Louise, j'en ai plus à t'apprendre.

— Attends que je me réveille bien, je prenne une douche et je t'écoute.

— Alors tu viens ? Je t'ai servi le café.

— Voilà, explique-moi tout.

La petite dame fut assez brillante pendant ses études. Pour l'instant je ne peux te parler que de sa vie actuelle. Après de bonnes études en licences de langues, tiens-toi bien, Anglais, Espagnol et Chinois, elle entre au parlement européen en qualité de traductrice. Elle n'est pas mariée et ne l'a jamais été jusqu'à ce jour. Quand elle n'est pas à Bruxelles ou à Strasbourg, elle habite avenue de Montreuil dans le onzième arrondissement. Sur les réseaux sociaux, on la découvre en femme plus fun, plus extravagante qui se met beaucoup en scène. De nombreuses photos nous la présentent lors de ses voyages, dans différents sports qu'elle pratique, dans des voitures de sport qu'elles changent souvent. Je ne crois pas qu'elle rencontre des problèmes d'argent, au contraire elle mène grand train comme on disait avant. Sa vie est un tourbillon et à son âge souvent une femme est plutôt rangée, installée dans la vie, alors que chez elle tout peut encore arriver. Comme si elle vivait sur la corde raide. Rien à voir avec ce que j'ai pu voir de la vie de son demi-frère. J'ai aussi l'impression qu'ils se sont rapprochés depuis quelques temps, car depuis leur jeunesse ils n'avaient aucune relation frère et sœur, elle ne parlait jamais de lui, comme s'il était inexistant. Tu en apprendras sans doute plus ce soir.

— Je l'espère. À t'entendre, Louise Vidal est très instable, capable du meilleur comme du pire, c'est ce que je retiens de ta description.

— Oui, enfin elle donne cette impression, mais ce n'est peut-être pas sûr, je ne saurais pas si affirmative. Mais il est vrai qu'elle nous fait douter. Tu vois, j'ai passé pas mal d'heures pour essayer de la cerner et le résultat n'est pas probant. Je suis incapable d'avoir une opinion précise sur elle. Sur sa mère, rien, autant Louise n'arrête pas de se montrer, autant elle ne parle jamais de sa maman. J'ai scruté toutes les photos et sur aucune elle n'apparaît depuis la séparation d'avec son mari.

— Aujourd'hui, essaie de savoir le nombre de jours qu'elle passe à Paris. Il faudrait voir à Bruxelles ou à Strasbourg si quelqu'un pourrait nous aider à constituer un emploi du temps type d'une traductrice sur les années deux mille vingt-trois et deux mille vingt-deux.

— Pas de problème, je me demande s'il ne serait pas plus judicieux que je me rende là-bas, pour mener une petite enquête, quand penses-tu ?

— Tu as carte blanche, bonne idée, préviens-moi quand tu pars.

— Je me renseigne vite sur les horaires de train et sur qu'elle ville j'ai le plus de chance de ne pas la trouver. Il sera plus aisé pour parler avec ceux qui la côtoient le plus souvent. Et puisque tu es d'accord, je préfère partir ce matin, ne perdons pas une minute, c'est OK ?

— Bon voyage, n'hésite pas à me tenir au courant. Moi j'attends de savoir si le journal Le Parisien a été contacté par notre homme, je vais passer voir Pierre Rolland. Après je m'occuperai de Madame Vidal, la première épouse, je vais demander à mon oncle de rappeler son ami pour obtenir plus de renseignements sur elle et sa fille. D'ailleurs je vais le faire tout de suite. Bon, fais gaffe à toi, je n'aime pas quand tu pars sans moi.

— Je ne pars pas à Tataouine et je ne reste pas longtemps, ne fais pas l'enfant. Laisse-moi, j'appelle la gare et je verrais sur place s'il faut que je réserve une chambre d'hôtel.

— Ah bon, tu ne rentres pas ce soir ?

— Je ne le sais pas, et je ne vais pas non plus faire des allers-retours, tu veux que je demande à une Baby-Sitter de venir ce soir pour te garder ?

— Non, je suis grand maintenant.

— Bon, j'y vais.

— Allez embrasse-moi, je t'aime.

— Moi aussi, je fais tout mon possible pour rentrer ce soir.

— Dis à Jean que je suis chez Les Tontons, s'il pouvait passer, je pourrais savoir où il en est de ses investigations sur John, le fils de François.

— Pourquoi tu ne l'attends pas ici, il ne va pas tarder.

— Tu sais bien que le matin, je vais lire mon journal chez Gilles, c'est une tradition à laquelle je ne déroge jamais. Tchao.

— Un dernier mimi ?

— Quand même ! Ce coup-ci, je suis parti.

— Ah, voilà le plus heureux des hommes. Comment se porte Monsieur Duflont ? Toujours sur la piste ?

— Si tu savais comme s'est énervant de courir après le vent, tu crois le choper, il est juste là devant toi et d'un coup, il disparaît, plus rien. Fais-moi un café quand même.

— Tiens, prends déjà le journal, j'arrive.

— Et voilà le café de Monsieur. Bonjour, Jean, on ne te voit pas beaucoup ces temps-ci ?

— Bonjour, c'est que je ne suis pas le chef !

— Eh oui, il faut bien que certains travaillent.

— C'est fini tous les deux, Gilles peux-tu nous faire un autre café ?

— Alors Jean, quoi de neuf ?

— Vous ne m'avez pas refilé le plus simple, je n'ai pas grand-chose en comparaison du temps passé. Comme tu le sais, John est né à New York, il est venu en France en mille neuf cent quatre-vingt-huit. Fac de droit et il entre à la BNP en deux mille deux. Adopté par Monsieur Vidal en mille neuf cent quatre-vingt-dix-huit. Il possède donc la double nationalité. Des petites amies, mais rien de sérieux, une vie sans problèmes. Il a perdu sa mère en deux mille vingt, qu'est-ce que j'ai noté là, attends, ah oui, j'ai remarqué qu'il n'avait pas de relation avec sa demi-sœur jusqu'à il y a un peu plus de trois ans. Ce qui correspond à la mort de sa mère, je le présume. Et pour ne rien oublier, c'est elle qui a repris le contact. Ils ne se voient pas souvent, j'ai cru comprendre que cette dernière d'après lui, avait eu des problèmes de santé, plutôt côté mental. Elle serait instable, il laisse entendre qu'elle n'aurait jamais accepté le divorce de ses parents, ce qui expliquerait le froid entre eux durant toutes ces années. Bien que dès son arrivée, enfant, il aurait senti qu'elle ne recherchait aucune relation avec ce nouveau petit frère. Et d'ailleurs tout de suite après le divorce, elle a voulu vivre avec sa mère. John se souvient de heurts très violents entre elle et son père. À part cela, il est très apprécié dans son travail, très compétent dans son domaine. Il voyage régulièrement aux États-Unis, il n'a jamais cherché à retrouver son père génétique qu'il avait enfant accusé d'avoir assassiné François Vidal. Tu vois que pour le moment, je n'ai rien de neuf, il est assez transparent, il n'y a rien dans sa vie qui sorte du cadre. S'il est mêlé à nos affaires, il cache bien son jeu.

— C'est parfait.

— As-tu déjà lu le journal ? Est-ce que l'assassin s'est manifesté ?

— Je ne l'ai pas encore lu, tu arrivais juste. S'il y a du nouveau, nous serons prévenus. Je ne sais pas si Florence te l'a dit, ce soir je prends l'apéro avec John. J'espère avoir du concret, Florence, elle est partie à Strasbourg ou Bruxelles, je ne sais plus très bien.

— Oui, d'ailleurs elle m'a chargé de te surveiller.

— Arrête tes conneries. Toute blague mise à part, il faudrait que l'on trouve où se cache le père de ce dernier. Peut-être est-il mort ? S'il vit encore, où pouvons-nous le voir ?

— Mais je n'ai rien trouvé sur une quelconque relation avec son fils. Il l'a vraiment rayé de sa vie. Bon, je te laisse, je vais continuer le boulot. Florence m'a demandé de joindre les de Laroche, pour voir s'ils pourraient nous aider à entrer en contact avec l'ambassade américaine, car s'il vit toujours là-bas, il doit bien exister des preuves de sa présence sur place, comme des preuves de son départ. Demande de passeport, de droit de séjour dans le cas où il serait entré sur un autre territoire, à son âge, on a besoin de soins médicaux, tu ne crois pas ?

— Bonne chance. Je repasserais au bureau dans l'après-midi.

— C'est ton téléphone ?

— Oui, merci. Allo ?

— Comment vas-tu ce matin ?

— Ah, c'est toi.

— Tu es déçu, ça fait plaisir. Comment dois-je le prendre ? Je viens t'annoncer une super nouvelle. Il s'est manifesté, le crois-tu ? Et nous sommes sûrs qu'il s'agit du bon.

— Pourquoi ?

— Il nous donne des détails que lui seul pouvait connaître. Nous n'en avions jamais parlé par voie de presse. Nous avons eu beaucoup d'appels plus ou moins farfelus, mais le sien ne fait aucun doute. Il nous parle du petit chien et il le décrit. Monsieur Wagner promenait son fox-terrier près du Père-Lachaise. Crois-moi, il ne fait aucun doute que ce soit lui.

— Et qu'annone-t-il de nouveau ?

— C'est là que c'est bizarre, il nous dit que son travail est fini, que c'est à nous de jouer à présent, je ne comprends pas, qu'en penses-tu ?

— Il est forcément dérangé, mais ce n'est pas un fou. Son travail est fini dans le sens qu'il voulait nous faire réagir sur le meurtre de François Vidal. Pour lui, c'est à nous de finir le boulot, trouver l'assassin, ce que nous aurions dû faire depuis longtemps à ses yeux.

— Tu penses à quelqu'un en particulier ?

— Pas vraiment, j'ai l'impression qu'il veut que nous suivions sa pensée, il nous guide, nous devons suivre son idée. À ton avis, qui aurait intérêt à ce que nous trouvions le meurtrier ?

— Je vois où tu veux en venir, bien sûr que c'est le fils adoptif qui adorait son père au point d'oublier son géniteur, qu'il avait déjà enfant, désigné comme l'assassin et que nous n'avons pas pris la peine de prendre au sérieux.

— C'est ça. Mais ceci me semble trop simple. Sais-tu que ce soir je prends l'apéro avec John Vidal ?

— Comment veux-tu que je le sache si tu ne me le dis pas. Tu n'as pas peur ? Et si c'était lui, tu es sûr que tu ne risques rien ?

— Mais non, tout se passe chez son ami, Paul Raquin. Et nous l'avons improvisé au dernier moment.

— Et s'ils étaient complices ? N'oublie pas que François s'est occupé des deux garçons depuis qu'ils étaient enfants.

— Ce n'est pas pour un stage et peut-être un avis favorable pour une embauche que l'on peut penser raisonnablement qu'il a aidé Paul Raquin. Laisse-moi faire. Je t'appelle après et on verra ce que nous devrons envisager. Florence est à la recherche de renseignements sur Louise Vidal, elle est en route pour Strasbourg ou Bruxelles, je ne sais plus très bien.

— Pourquoi, que cherchez-vous ?

— Je ne sais pas vraiment, mais je ne veux pas laisser passer le moindre détail, on s'applique à tout vérifier, les faits et gestes de tous ceux qui de près ou de loin ont une quelconque relation avec notre affaire.

— Que penserais-tu si je reprenais contact avec mon ami qui a bien connu la famille Duval ? Peut-être qu'il en sait plus sur la fille ? Je l'avais surtout orienté sur le fils, je ne pensais pas que la fille était dans ton viseur également.

— Pourquoi pas, comme je te l'ai dit, tout ce qui peut nous faire avancer m'intéresse.

— Je vais voir ce qu'il peut m'apprendre de neuf. Si tu n'as pas de nouvelles de mon côté, c'est qu'il n'y a rien de nouveau. Et je voulais te demander, que fait-on maintenant ? À propos de l'annonce.

— Je pense qu'il faudrait essayer de nouer le contact, le faire parler davantage, lui donner l'impression qu'il a toujours plusieurs longueurs d'avance sur nous, qu'il ne risque rien de notre côté.

— Donc tu es pour que l'on insiste ? Tu veux que nous lui envoyions d'autres messages par l'intermédiaire du Parisien.

— Oui, comment te le dire, il faut l'occuper, vous pouvez même lui faire croire que vous savez bien qui est l'auteur de ces crimes, semez le trouble en lui. Ceci peut le forcer à commettre une faute. Ainsi il va penser que vous êtes à côté de la plaque et ça ne devrait pas lui plaire que vous pensiez à un autre que lui. Il va vouloir vous prouver que vous avez tort.

— Ce n'est pas idiot, je m'en occupe sur-le-champ. Pour ta soirée, n'oublie pas de me tenir informé, tu me le promets ?

— Mais oui, à bientôt.

— Jean, que me vaut cet appel ?

— J'ai oublié de te dire que j'ai trouvé l'adresse de John. Il habite au 1, villa poirier, elle se situe dans le quatorzième arrondissement, une petite impasse qui donne sur la rue Lecourbe, Juste au niveau d'un magasin Nicolas.

— Parfait, je te remercie. Au fait notre homme a appelé le journal, le dialogue peut commencer.

— Ils sont sûrs qu'il s'agit bien de lui ?

— Oui, il n'y a pas de doute.

— Il vit à Paris, alors.

— C'est possible, mais sait-on jamais. Je te laisse, à tout à l'heure.

— Tout semble en place, je ne peux pas en faire beaucoup plus. Allons voir cette impasse. La rue Lecourbe est très commerçante, il y a énormément de vie. Le lieu est sympa, il habite donc ici.

— Monsieur Duflont ?

— Oui, Monsieur Feuillant je voulais vous appeler, mais je n'ai pas eu beaucoup de temps pour le faire. Notre affaire avance, je ne peux pas vous faire de promesses, mais nous approchons du but. Je mettrais ma main au feu que nous cernons les dernières personnes qui doivent être forcément impliquées dans tous ces meurtres. Ne répétez pas ce que je vais vous dire, mais nous venons d'entrer en contact avec celui que nous savons être celui que nous recherchons. Je ne peux pas vous en dire plus, gardez espoir, faites-moi confiance.

— Merci, oui je vous fais confiance.

— Je vous rappelle prochainement, je l'espère.

— Maintenant je vais en profiter pour passer voir Monsieur Rochat, lui aussi doit avoir besoin de nouvelles. Le pauvre, seul avec deux enfants en bas âge, la vie ne leur aura rien épargné. Comme quoi nous ne sommes pas tous égaux, certains naissent que pour en baver dans la vie. Et moi, qui dois-je remercier, pour avoir eu une vie plutôt cool ? Puisque je dois attendre la fin de la journée, je vais aller courir un peu. Je me trouve rue Lecourbe, direction le bois de Boulogne, c'est le plus près. Je pars de l'hippodrome d'Auteuil et je dois me rendre au moins à celui de Longchamp sans m'arrêter. Et voilà, comme d'habitude, je finis rincé. Mais pourquoi ai-je pris ma voiture ? À cette heure-ci, c'est encore la cohue. Enfin voilà la maison, je vais prendre une bonne douche et je me remets au travail.

— Alors Jean, quoi de neuf ?

— J'attends la confirmation, mais il semblerait que notre homme ait quitté les États-Unis depuis déjà pas mal de temps. Cela peut changer beaucoup de choses.

— Continu, je prends une douche et je te rejoins. As-tu des nouvelles de Florence ?

— Non, pas encore.

— Cela ne veut rien dire, il faut bien lui laisser le temps. Je me dépêche.

— Alors où en es-tu ?

— Comme je te l'ai dit, je suis sûr qu'il a quitté son pays, mais je n'arrive pas encore à le localiser. D'après ce que je sais, après un bref passage en Suisse, il se trouverait en Angleterre et ce n'est pas pour quelques jours, car il a tout liquidé en Amérique. Toute sa fortune a été rapatriée en Europe, pourtant je n'ai pas trouvé de trace d'un achat de maison ou d'appartement en France. C'est un homme qui n'est plus tout jeune, il approche les soixante-quatorze ans, on ne peut pas dire que ce soit l'âge idéal pour commettre des crimes.

— Oui, mais n'oublie pas qu'il s'agit d'un ancien militaire qui a fait la guerre, de plus en prison, il a dû continuer le sport, c'est la seule activité qui permette de s'entretenir au jour le jour et ainsi de garder une forme certaine. Mais tu as peut-être raison, cette piste n'est pas sûre. Pourquoi et pour qui aurait-il tué toutes ces personnes ?

— Si c'est bien lui qui a assassiné François Vidal, cela peut-être une vengeance vis-à-vis de son fils, qui a changé de nom et qu'il juge responsable de son abandon pendant qu'il purgeait sa peine de prison.

Je ne vois que cette possibilité, il veut lui faire endosser tous ces meurtres pour le punir.

— Et pour ça, il aurait mis vingt-quatre ans ?

— Rappelle-toi que son ex-femme est morte il y a près de trois ans, en deux mille vingt et un, ceci a pu déclencher chez lui qui est sans doute encore dérangé, l'envie de nuire à son fils et ainsi de lui faire payer tout ce qu'il a vécu.

— Ça se tient, effectivement. Les meurtres ont commencé en deux mille vingt-deux, quelques mois après le décès de Jane Vidal. Regarde en quelle année il a quitté les USA ? Ce qu'il nous faudrait surtout, c'est la preuve qu'il était bien sûr le territoire Français et je dirais même plus à Paris, le jour de l'accident de Monsieur Vidal, mais le serons-nous jamais ?

— Attends, c'est Florence.

— Alors as-tu bien voyagé ?

— Oh oui, l'Eurostar c'est super. Je n'ai pas perdu ma journée.

— Si je comprends bien, tu n'étais pas à Strasbourg, tu es parti à Bruxelles.

— Quel esprit de déduction, tu es très fort.

— J'ai d'abord appelé à Bruxelles pour savoir si Madame Louise Vidal était présente, réponse négative, donc je ne pourrais pas tomber dessus, j'étais donc sûr de ne pas la rencontrer dans cette ville. Quel coup de chance. C'est ainsi que j'ai fait la rencontre d'Hélène, une traductrice également et surtout meilleure amie de Louise, ce que j'ai pu vérifier au cours de notre conversation entrecoupée de pause, car elle devait bien sûr travailler. Maintenant je suis dans le train du retour, mais je désirais t'annoncer en primeur, le bien-fondé de ce voyage

— Ne frime pas et fais-nous partager tes découvertes. Nous t'écoutons, Jean est à côté de moi.

— À mon arrivée, j'ai demandé à l'accueil s'il m'était possible de rencontrer Madame Louise Vidal. Comme je ne m'y attendais pas, on m'a fait savoir qu'elle n'était pas présente, ayant pris des vacances à partir de la veille. Devant ma grande déception et ma mine dépitée, que je jouais à la perfection, l'hôtesse accepta d'appeler une camarade de Louise qui s'est présentée dans la minute. Elle m'a confirmé les vacances de Louise qui était partie la veille à midi. Je lui racontais qu'une équipe d'amis à Paris voulait faire une surprise à Louise pour son anniversaire. Et j'étais là pour connaître sa vie loin de la capitale, ce qu'elle aimait, ses amies et amis, enfin tout ce qui nous permettrait de lui créer une super soirée. Et bien sûr qu'elle ferait partie de la fête, ce qui détendit l'atmosphère. Elle n'a pas tardé à me raconter et me montrer des photos de leur vie ici. Et là, c'est du lourd.

— Tu me fais peur. Qu'as-tu découvert de si important ?

— En visionnant des photographies, j'ai vu qu'elle s'était rendue aux USA plusieurs fois avec son ami. Et devine qui elle voyait là-bas ?

— Si je te le dis, tu vas pleurer, Robert Mulligan.

— Eh oui. Elle a raconté à son amie qu'un jour en se promenant, elle était tombée sur un homme qu'elle avait vaguement reconnu et qui lui avait dit avoir connu son père. Je n'ai pas cru, comme son amie l'avait admis, que cette première rencontre était le fruit du hasard. L'amie de Louise, qui s'appelle Mireille, m'a affirmé qu'ils sont toujours en contact et qu'ils se voient régulièrement. Ce qui est troublant c'est que moi sur les réseaux sociaux, je ne trouve rien. Elle compartimente sa vie. Rien de ce qui se passe dans les lieux où elle bosse, n'apparaît à Paris. Ses amies, les plus proches, ont interdiction d'évoquer certains sujets. Mireille possède des photos de cet homme, mais elle n'en sait pas plus. Elle connaît le nom, car un jour en rentrant de voyage, Louise n'a pas fait attention et le nom lui a échappé. Cette fille est une vraie pipelette et si on l'écoute bien, on peut justement en apprendre plus qu'elle ne voudrait en dire. Mais elle a juré à Louise de n'en parler à personne.

— Bien joué, Florence. Et rien sur son lieu de résidence ?

— Je n'ai pas osé insister, et je ne voulais pas lui mettre le doute, étant une amie parisienne, j'étais censé connaître son lieu d'habitation. Elle ne s'est pas rendu compte de ce qu'elle m'apprenait, ainsi elle ne se doute de rien.

— Maintenant nous savons qu'ils se connaissent et plutôt bien, qu'ils cachent leur relation à tout le monde et que vu l'âge de Robert, je doute que celle-ci soit d'ordre sexuel.

— Ce que je peux encore vous dire, sur les photos, je n'ai pas vu un type fatigué, je dirais même qu'il ne fait pas son âge, en forme le bonhomme. J'en garde un peu pour tout à l'heure, vous en savez presque autant que moi, alors je vous laisse, on en reparle à mon retour.

— Veux-tu que je vienne te chercher ?

— Non merci, à cette heure-là, je préfère prendre le métro. J'ai déjà été assise trop longtemps dans le train, marcher va me faire du bien.

— Bon, à tout à l'heure.

— Jean, dis-moi si tu es d'accord avec ceci, il est évident que l'étau se resserre et que nous n'avons plus que deux personnes susceptibles d'avoir commis ces meurtres. Louise, mais comment une fille pourrait-elle aller jusqu'à tuer son père ? Et Monsieur Robert Mulligan qui nous semble apte à remplir le rôle que nous lui octroyons.

— Je suis d'accord, mais comment ont-ils pu s'y prendre, l'un qui vit on se sait où et l'autre qui vadrouille entre Paris, Bruxelles et Strasbourg ? Autant le meurtre de François Vidal peut être dû à un accident réalisé sur le coup de la colère, autant les autres sont réalisés avec beaucoup de réalisme, tout y est calculé avec du sang-froid, ils ne sont pas le fruit du hasard.

— Écoute, Jean, on verra plus clair demain. Ce soir je vais à mon apéro et on en reparle demain.

— Je te laisse te préparer, je vais réfléchir de mon côté. Salut.

— Tiens te voilà déjà ? Tu as fait bon voyage, Jean vient juste de partir.

— Je sais, je lui ai dit à demain. Si tu savais ce que cela nous fait du bien de sortir de Paris et de quitter le bureau, c'était un vrai bonheur.

— Je dois y aller, on reparle de tout cela dès que je rentre, et sache que pour moi, une journée sans toi c'est déjà trop long, tu m'as manqué.

— Arrête ton cinéma, la plupart du temps tu cours partout, tu n'es jamais là, mais c'est gentil quand même, tu m'embrasses ?

— Eh oui, je t'aime trop.

— On n'aime jamais trop. À tout à l'heure, je t'attends.

Le 18 novembre

— Enfin tu te réveilles ?

— Quelle heure est-il ?

— Huit heures, j'ai entendu Jean arrivé. Ton petit déjeuner est prêt.

— Il y a longtemps que je n'ai pas dormi autant, j'étais crevé hier, j'ai bien essayé de t'attendre, mais le sommeil fut le plus fort, désolé.

— Et moi ce matin, tu dormais tellement bien que je n'ai pas osé te réveiller. Quelle petite nature, une balade en plein air et voilà le résultat. Ce n'est pas grave si cela t'a permis de regonfler tes batteries, on ne travaille pas à la chaîne. Je vais voir Jean et on fait le point tous les trois.

— Je me dépêche, pas de problème.

— Alors tu as du nouveau ?

— Je suis rentré plus tard que prévu, Florence dormait profondément et je me suis dit que nous verrions la suite de nos aventures aujourd'hui.

— Mais maintenant que tout le monde est là, commençons. Je vous livre ma soirée chez les Raquin. À la mort de François Vidal, c'est son épouse Jane qui a hérité de tous ses biens en usufruit, c'est John qui me l'a appris hier. Elle a suivi à la lettre les directives de son mari, ce qui lui a valu bon nombre de difficultés avec Louise et sa mère, mais elle a tenu bon. Il voulait qu'à leur majorité les deux enfants obtiennent une avance sur leur héritage. John a reçu l'appartement qu'il habite actuellement, impasse du poirier et Louise pour sa part a acceptée l'appartement de la rue Edouard Jacques, à la condition qu'elle laisse Madame Jane Vidal dans celui de la rue de Montreuil jusqu'à son départ. À ce moment-là, ce dernier lui reviendrait. Chacun disposerait en plus d'une somme qui leur permettrait de vivre jusqu'à la réouverture finale du testament à la mort de Madame Vidal. Jour où chez le notaire ils eurent la surprise de constater qu'il existait une dernière clause. Les dernières volontés de Monsieur Vidal demandaient à ses deux enfants de se réconcilier, si cela n'était pas encore fait, sous peine pour les deux où pour celui qui aurait fait obstacle à ce rapprochement de ne rien avoir de ce qui restait. Sachant que cela n'était pas vital pour eux, je sais aussi que plus on en a, plus on en veut. Autrement dit, ils devaient faire la paix… C'est bien ce que nous avons remarqué, en effet, Louise depuis la mort de Jane Vidal s'est rapprochée de son demi-frère, qui émet quand même des doutes quant à la sincérité de sa sœur. Bien sûr que tout ceci est à prendre avec des pincettes puisque ces paroles sont le fait de John Vidal. Je tiens à vous dire que cette rencontre doit avoir lieu très bientôt chez le notaire. Mais vous serez d'accord avec moi, que nous sommes enclins à le croire. Donc tout devrait rapidement rentrer dans l'ordre, chacun va recevoir pleinement sa part. Chose importante, mais sous toute réserve, John a appris de la bouche même de sa demi-sœur que c'était son père génétique qui était au volant de la voiture qui avait percuté et tué son père à elle. Ce que John a cru puisque quelques jours avant, ce dernier avait pris contact avec lui, pour tenter un rapprochement. Ce qui nous confirme que Robert Mulligan était bien à Paris le jour du meurtre. Qu'en dites-vous ?

— Pour ma part, je pense que tu as bien fait de te rendre à ce rendez-vous, tu n'y es pas allé pour rien. Dans tes trouvailles, tout se rapporte à Louise, crois-tu qu'elle soit responsable ? Qu'a-t-elle à voir dans cette affaire ? Que lui reproches-tu à la fin ?

— Attendez, ce que je veux vous dire de cette femme, c'est qu il me semble impossible qu'elle soit notre assassin. Je vous accorde qu'elle paraît louche, c'est plus une fille à papa habituée à vivre dans le luxe et à manipuler son entourage. Je n'ai rien vu sur une pratique sportive, judo, aïkido, tir, etc. Elle passe plus de temps à faire la fête et à voyager comme le ferait une gamine riche. Ce qui dérange, c'est qu'à son âge, on ne se conduit pas de la sorte. Donc même si elle est dérangée, je mettrais ma main au feu qu'elle n'est nullement capable de tuer, sauf comme beaucoup d'êtres humains, sous l'emprise de la colère.

— Florence, je crois que tu as raison. J'oubliais aussi, lorsque son frère lui a demandé de confirmer avec lui ce qu'elle lui avait appris, elle refusa et devant les inspecteurs elle le fit même passer pour un imbécile en jurant qu'elle ne lui avait jamais fait une telle confidence. Et que tout ceci n'était que pure invention de la part de son demi-frère. Elle est quand même capable de tout, c'est la raison pour laquelle il ne faut pas l'éliminer. Pourquoi ne serait-elle pas notre assassin par procuration ?

— Oui je comprends, mais je vois plus un type comme Robert Mulligan, ancien militaire, possédant toutes les capacités nécessaires pour ce genre de travail et ayant le triste privilège d'avoir déjà tué quelqu'un. Je ne pense pas qu'une femme, qui donne la vie, puisse considérer que cette dernière n'a pas de valeur, même la plus cinglée d'entre elles.

— J'aimerais être de ton avis à cent pour cent. Jean, qu'en penses-tu ?

— Je ne voudrais pas que tu le prennes mal, mais je suis de l'avis de Florence. Je ne vois pas chez elle l'envergure que tu lui accordes, si on peut parler de la sorte ! Elle est sûrement déséquilibrée et j'irais même plus loin, peut-être bipolaire, mais je ne suis pas médecin pour l'affirmer. Cependant je ne la vois pas assez bête pour commettre l'irréparable et vivre en prenant autant de risques. Au fait, as-tu pu obtenir l'emploi du temps de John ?

— Oui, il me la remit hier.

— Et toi Florence, tu as celui de Louise, j'espère ?

— Bien sûr qu'est-ce que tu crois.

— Bien, nous les avons tous, nous allons les comparer et ainsi nous verrons lesquels sont compatibles avec les jours qui nous intéressent. Qu'en pense le grand patron ?

— Nous sommes bien sûr la même longueur d'onde, éliminons ceux qui n'auront pas eu la possibilité d'accomplir ces crimes. Déjà pour Raquin, nous étions sûrs que pour un de ces meurtres, il n'avait pas eu la possibilité d'être sur les lieux, donc pour au moins un de ces actes, il n'était pas responsable. Je vérifie pour John et vous deux, vous vous occupez de Louise.

Emploi du temps de John en 2022		Emploi du temps de Louise en 2022	
1er février 2022	Présent	1er février 2022	Présente
4 avril 2022	Présent	4 avril 2022	Présente
1er août 2022	Présent	1er août 2022	Présente
1er octobre 2022	Présent	1er octobre 2022	Présente

Emploi du temps de John en 2022		Emploi du temps de Louise en 2022	
1er novembre 2023	Présent	1er novembre 2023	Présente
9 août 2023	Présent	9 août 2023	Présente
9 mai 2023	Présent	9 mai 2023	Présente
9 février 2023	Présent	9 février 2023	Présente

À première vue, il apparaît que les deux principaux intéressés soient présents à chaque homicide à Paris. On ne peut donc pas compter sur une absence de l'un pour éliminer l'autre et ainsi le coincer. Et je vous parie que lorsque nous connaîtrons celui de Robert, il en sera de même. Celui ou celle qui a monté tout ce stratagème n'a pas laissé de place à la chance. Je dois reconnaître que son plan est diabolique. Nous savons que Louise et John ont un travail qui leur prend beaucoup de leur temps, comment ont-ils pu élaborer une telle machination ? C'est Robert libre de tout son temps qui avait le plus de moyens pour y parvenir. Notre seule chance de réussite est de le retrouver. Serait-il possible que les deux se soient associés ?

— Pour quel motif ? Tu n'es pas sérieux ?

— Je pense que l'un des deux en profite pour faire accuser l'autre. Mais lequel est-ce ?

— Ne changeons pas toujours d'avis, partons du principe qui est le plus plausible que John n'a aucun motif sérieux de descendre toutes ces personnes, si ce n'est de nous faire réagir. La police ne s'est pas assez occupée de trouver celui qui a provoqué la mort de son père. En nous rappelant cette date, il nous pousse à nous remettre en question, la preuve, nous l'avons fait. Avait-il un autre moyen pour y parvenir ? Je n'ai passé qu'une soirée avec ce monsieur, et je ne pense pas qu'il puisse être l'auteur de cette folie, je doute de sa culpabilité. C'est certainement un des deux autres le responsable. Le plan est machiavélique et jusqu'à présent chaque personne que nous avons côtoyée, nous apparaissait comme étant le coupable.

— Avec Jean nous avons la même intuition que toi, oh grand manitou.

— Je vais même aller plus loin, je suis de plus en plus sûr qu'elle s'est servie de Robert pour parvenir à ses fins. Comment a-t-elle pu obtenir son assentiment et son aide pratique pour l'aider dans cette folie ? Elle s'est vengée de son frère et de son père, coupable de l'avoir abandonné. À ce stade, je dois aller voir le commissaire, il est temps d'intervenir avant que nous ayons de nouveaux crimes sur le dos. Il va falloir qu'il nous aide, mais si pour l'instant nous n'avons que des présomptions. Lui faire peur peut la conduire à la faute. Elle se croit la plus forte, en cellule elle devrait perdre de sa superbe, perdre confiance. Florence, toi qui étais à Bruxelles, sais-tu où elle peut bien être maintenant ?

— Je vais rappeler son amie au parlement, elle doit le savoir. Cependant il me semble bien d'après ce que j'ai compris, qu'elle devait se rendre à Paris très prochainement, pour clore la succession, chez son notaire. Je ne serais pas surpris si elle voulait mettre en ordre toutes ses affaires.

— À quoi penses-tu ?

— Qu'il existe un témoin gênant si ce que tu dis est vrai. Et il se pourrait même que la liste s'allonge.

— Que veux-tu dire ?

— Si son frère venait à décéder, étant son unique parente, elle hériterait certainement. Et suivez-moi, si le père génétique de John décède à son tour, vu la fortune de ce dernier, elle fait coup double.

— Tu ne le sais pas, mais de temps en temps tu as du génie.

— Merci. Enfin reconnu à ma juste valeur, tu vois Jean, il ne faut jamais désespérer.

— Tu as raison. Je viens de me rappeler une chose, nous cherchions qui pouvait bien être chez Raquin la nuit du meurtre du fils Feuillant, et bien il n'y a plus de doute.

— Pourquoi ?

— John t'a dit qu'avant d'avoir l'appartement de la rue de Montreuil, elle avait vécu dans celui de la rue Edouard Jacques. Elle possédait donc les clefs. Demande à Paul s'il a fait changer ses serrures depuis qu'il est propriétaire ?

— Ma foi, c'est vrai, voilà un mystère résolu. Je vous laisse, je vais appeler le commissaire, et me rendre à son bureau, si les plantons veulent bien me laisser passer.

— Vu l'heure, je présume que tu ne déjeunes pas ?

— Oui, pas le temps.

— Je roule déjà, et bien sûr je l'appelle, ce que je ne devrais pas faire au volant.

— Comment vas-tu ?

— J'ai besoin de te voir rapidement, est-ce que je peux venir tout de suite ?

— Dans dix minutes, je serais au restaurant en bas du bureau, tu veux que je te commande quelque chose ?

— Ce n'est pas bête, prend moi une bavette plutôt saignante, j'en profite un peu puisque tu m'invites.

— Je t'attends.

— J'ai fait vite, faut dire que je meure de faim.

— Eh bien, profites-en, c'est l'administration qui régale.

— Merci l'état, vous avez la bonne place.

— Il fallait rester, couillon.

— Tu plaisantes, nous les petits, nous n'avions pas les mêmes avantages.

— Bon, pourquoi voulais-tu me voir ?

— J'ai besoin de toi. Au fait avant d'en venir aux choses sérieuses, avez-vous eu des nouvelles de notre mystérieuse personne susceptible d'être celle que nous recherchons ? A-t-elle répondu au dernier message ?

— Non, nous n'avons plus aucun contact. Cependant, après analyse de la bande-son de son unique appel sur le répondeur du journal Le Parisien, on a pu détecter un très léger accent étranger dans la voix de cette personne.

— Un accent de quel pays ?

— Ce n'est pas facile, car la voix est déformée, il s'agirait peut-être de celui que l'on retrouve dans des pays anglo-saxons tel que l'Angleterre, l'Amérique, on ne sait pas très bien.

— Un homme ou une femme ?

— La voix est trop déformée, le labo ne se prononce pas.

— Venant au fait, de mon côté, j'ai du nouveau. À l'agence, nous avons concentré nos recherches sur le fils et la fille Vidal, ainsi que sur Robert Mulligan. Tu sais que je suis allé chez Raquin, prendre l'apéro avec John Vidal. La soirée fut très instructive. J'en retiens, comme lors de mon entrevue avec Paul Raquin, fais-moi confiance, que je peux l'éliminer de la liste des suspects. Il m'a donné l'impression d'être équilibré, stable, sans problème d'identité, bien dans sa peau, donc je suis incapable de l'imaginer en assassin. Il n'en est pas de même pour sa demi-sœur qui elle se rapprocherait assez bien du personnage. Plutôt détraquée et instable, peut-être bipolaire, elle a toutes les qualités nécessaires pour enfiler le costume d'un meurtrier. À travers nos recherches, nous sommes sûrs qu'elle est pourvue d'une intelligence plus élevée que la norme lui permettant de mettre en place un plan aussi diabolique que celui auquel nous sommes confrontés. Elle en a les moyens intellectuels et financiers. La seule chose qui nous manque est le défaut d'information sur le père génétique de John. Bien que nous ayons découvert qu'il ne vit plus en Amérique, mais peut-être en Angleterre. Florence et Jean sont sur le dossier.

— Qu'attends-tu de moi ?

— Nous devons mettre la pression sur Louise, je voudrais que vous la mettiez en garde à vue. Il faut la pousser à la faute. Elle n'a pas pu agir seule, elle a un complice. Peut-être Robert Mulligan ? Cela ne m'étonnerait pas.

— Vu son âge, crois-tu qu'il puisse être en mesure d'accomplir les faits que tu lui prêtes ?

— Nous avons le témoignage d'une personne, qui le juge en très bonne forme physique. Et tous ces meurtres ne demandaient pas de force.

— OK. Mais pourquoi l'aiderait-il dans sa folie ?

— Laisse-moi finir, je vais y venir.

— Donc si Robert est bien son complice, il est maintenant en danger et j'ajouterais également John. Je ne la vois pas laisser de trace derrière elle. Son plan est trop parfait, elle n'a rien laissé au hasard. Cependant je n'ai rien pour la confondre, que des présomptions. Si rapidement nous n'arrivons pas à lui faire commettre une erreur, je doute que nous soyons en mesure de la confondre. Lorsqu'elle aura éliminé ceux qui peuvent prouver sa culpabilité, on aura plus aucune preuve contre elle. Je sens que tout se joue maintenant, pour l'instant nous ne pouvons que ralentir la machine, ne perdons pas de temps.

— Je te suis et je te comprends. Mais pour la garde à vue, sous quel motif veux-tu que nous agissions ?

— J'y ai réfléchi. On pourrait sans doute dans un premier temps lui faire croire que nous rouvrons l'enquête sur la mort de son père. Et que nous avons besoin de l'entendre.

— Quel serait le motif ?

— À titre de témoin, les meurtres nous permettront d'agir, grâce à la date qu'ils mettent au jour et qui correspond au décès de son père. On peut également invoquer le témoignage de son demi-frère qui assurait que sa sœur lui aurait confié avoir vu le tueur. Crois-tu que ceci puisse suffire ?

— Pourquoi pas, mais alors explique-moi pourquoi Robert Mulligan aurait pris tous ces risques pour Louise, si ce n'est pour ses beaux yeux, c'est un peu léger, tu ne trouves pas ?

— J'y viens. Il n'y a pas de fumée sans feu. John a affirmé à la police, étant enfant, que sa sœur lui aurait confié qu'elle avait vu le meurtrier de son père, à savoir Robert Mulligan. Je ne pense pas qu'un enfant puisse mentir sans que des personnes qui représentent une haute autorité s'en aperçoivent, et qu'ils passent à côté de son témoignage. Pour moi John n'est pas un menteur, ce qui ne semble pas être le cas de Louise. Ceci signifie qu'elle possède un moyen de le faire chanter, car elle sait qu'il est l'assassin. C'est pour cela que des années après, elle a cherché à le retrouver. Après la mort de Madame Vidal, comme elle s'était rapprochée de son frère, elle a su que Robert Mulligan essayait de renouer lui aussi le contact avec son fils.

— Alors là, je dis chapeau. Cela peut certainement nous aider à la faire venir dans nos locaux. Je vais chez le procureur, je le mets au courant et si besoin, qu'il nous donne l'autorisation pour une garde à vue et je te confirme tout ça. Sais-tu où se trouve cette charmante dame ?

— Non, il faudrait vite tout boucler, elle a les moyens financiers de nous fausser compagnie pour longtemps. Avec l'avance qu'elle a sur nous, j'ai un mauvais pressentiment, je me demande si elle n'est pas déjà partie. Attends, j'appelle Florence, elle a peut-être des nouvelles.

— Florence ?

— Désolé c'est Jean.

— Avez-vous pu avancer ?

— Nous avons pu avoir sa camarade à Bruxelles.

— Et alors ?

— Elle n'a pas perdu de temps, le jour même où Florence rentrait, cette dernière avait déjà quitté son travail. Elle avait posé des vacances bien avant comme si elle savait où nous en étions.

— Pourquoi dis-tu cela ? Pour le moment nous ne sommes sûrs de rien quant à sa culpabilité.

— L'enchaînement des évènements me laisse à penser qu'elle doit être sûrement un maillon essentiel dans cette affaire. Enfin, d'après son amie, très étonnée de n'avoir pas été mise au courant de cette absence, elle paraissait inquiète et pressée, oui, elle l'avait appelé juste sur le point de partir.

— Et vous savez où ?

— Il semblerait que ce soit pour Londres, sans doute pour faire des achats pour Noël, comme elles en avaient parlé, seul problème, elles devaient s'y rendre ensemble.

— Tu as entendu ?

— Oui, la priorité est de la retrouver. Nous allons intervenir aux frontières, je vais charger Philippe de s'en occuper, tu pourras prendre contact avec lui, si tu le veux. Je présume que tu as déjà un plan, n'est-ce pas ?

— Dis-lui de se focaliser sur les passages entre la France et l'Angleterre. Cependant pour l'instant il ne faut rien faire, juste la suivre et surtout ne pas la perdre des yeux. Il intervient uniquement si elle prend la poudre d'escampette. Si cela se passait, il faut qu'il l'amène dans vos bureaux pour l'écouter comme témoin uniquement au sujet de la mort de son père. Fais-lui bien comprendre qu'elle ne doit pas se douter que nous sommes à sa poursuite, il ne faut pas l'affoler, elle doit se sentir en sécurité. Si elle rentre en France, c'est forcément qu'elle aura fini le travail. Prenez contact avec les Anglais pour qu'ils essaient de trouver Robert, probablement mort. Pour ne rien laisser au hasard, qu'il vérifie tout de même les aéroports. Je doute qu'elle soit déjà partie avant d'avoir éliminé tous ceux qui risquent de la compromettre. D'ailleurs je vais prévenir John, il doit rester chez lui, ne pas sortir, si tu peux faire en sorte qu'il soit sous surveillance et protégé.

— Bien sûr je m'en occupe. Si les Anglais veulent nous aider, cette coopération nous aidera grandement, car s'il habite Londres, ce qui paraît le plus probable, il y a forcément des preuves de sa vie sur place, un logement, un compte en banque bien garni, comme tu me l'as dit, et des soins pour la santé. Le passeport pour les étrangers étant obligatoire, il doit bien y avoir des preuves nombreuses de sa présence sur le sol britannique. Peut-être ont-ils également des photos de lui et des enregistrements lors de ses allées et venues ? Rien d'autre ?

— Non, je rentre au bureau et j'attends de tes nouvelles. Je ne vois pas ce que je pourrais faire de plus. Tu sais où me trouver ? J'y vais.

Le 19 novembre

— Je te réveille ?

— Pas vraiment, j'étais en train de m'habiller. Que se passe-t-il ? Cela doit être sérieux pour que tu me fasses signe à cette heure matinale.

— J'espère que tu es bien assis. Tu ne devineras jamais ce que je m'apprête à te dire.

— Si tu le dis. Mais il se pourrait que ce soit au sujet de Louise Vidal, n'est-ce pas ? Vous venez de la retrouver ?

— Tu n'es pas très loin, tu chauffes.

— Qui l'a trouvé, les Anglais ou nous ?

— Ce sont les Anglais. Mais il ne s'agit que de la moitié des faits.

— Comment ? Je donne ma langue au chat.

— Ils ont également retrouvé Robert Mulligan.

— Super, il faudrait envoyer Philippe sur place, il pourrait les confondre.

— Attend ce n'est pas tout. À ce niveau, je t'ai donné que la bonne nouvelle. Si je te dis que la visite de Philippe ne servirait à rien, à quoi penses-tu ?

— Qu'est-ce que tu essaies de me faire comprendre ? Qu'ils seraient morts, tous les deux ?

— Eh oui, ça, c'est la mauvaise nouvelle. Hier la police anglaise, à la suite d'un coup de fil d'un voisin de Robert, réveillé en pleine nuit par un chahut inhabituel, a mis la main sur les corps de Louise et de L'Américain. Ils pensent à un règlement de compte. Sur place ils n'ont pu que constater le décès des deux protagonistes par arme à feu. Le voisin ne fait pas mention de coup de feu, pourtant leur mort est bien dû à une arme à feu. Donc leur première constatation confirme qu'il s'agissait d'un pistolet avec un silencieux. Ils vont nous faire parvenir les résultats de leur enquête et de l'autopsie. Le corps de Louise sera rapatrié chez nous, cela ne posera aucun problème, en revanche pour Robert ce n'est pas la même chose, il ne faut pas oublier qu'il est citoyen américain. Je ne connais pas les règles à suivre. La seule chose dont je suis sûr pour nous s'appelle la Bérézina.

— Pour une fois nous sommes d'accord Monsieur le Commissaire, mais je pense tout de même qu'il faut que Philippe se rende là-bas pour se rendre compte par lui-même de l'identité des deux, et surtout pour voir l'environnement où a eu lieu le duel. Peut-être pourra-t-il nous apprendre des éléments que nous ignorons ? Car J'ai dû rater un passage de cette histoire, je me suis complètement planté. Tu es OK ?

— Yes.

— Bon, alors laisse-moi digérer tout ceci et je te rappelle dans la matinée, tu en sauras peut-être plus. Pour le moment je ne peux plus réfléchir, je suis ko, d'accord. Ils nous ont bien eus ! Je peux même dire qu'ils nous ont grillé la politesse, tout s'était déroulé comme sur des roulettes, en deux semaines à l'agence, nous avions résolu une affaire vieille de deux ans. Huit meurtres et en plus nous allions arrêter les deux principaux acteurs. La police criminelle n'avait plus qu'à bien se tenir et voilà que tout d'un coup nous perdions les lauriers des vainqueurs, car avec ces disparitions, nous perdions également du prestige. Pourtant, nous avions bien effectué notre travail. Il faut savoir accepter, non pas la défaite, mais je dirais plutôt une incomplète réussite. Voilà que je m'exprime comme les Anglais. Il ne nous reste plus qu'à attendre les dernières informations que nous livrera la police britannique et ainsi nous pourrons classer cette affaire, avec un goût amer.

— Tu fais une drôle de tête, que se passe-t-il ?

— C'était mon oncle, il vient de m'apprendre que la police anglaise a retrouvé le corps de Louise et de Robert Mulligan. Ils se seraient entretués dans l'appartement de ce dernier à Londres. Pour l'instant je n'en sais pas plus. Les légistes nous livreront plus d'éléments dans quelques heures, il n'y a plus qu'à nous consoler que cette affaire prenne fin. Je vais aller prendre mon café au bistrot, tu sais où me trouver s'il se passait quelque chose.

— Bonjour monsieur Duflont, comme d'habitude ?

— Et pourquoi changer une équipe qui gagne ?

— Prenez le Parisien, j'arrive.

— Le patron n'est pas là ?

— Il ne va pas tarder, c'est dimanche, il en profite un peu.

— Parfois je me demande si c'est vraiment intéressant de se tenir informé de ce qui se passe en France et dans le monde. Chez nous c'est toujours pareil, les problèmes sont récurrents, pognon, inflation, immigration, intégration, éducation, tout tourne autour de ces thèmes. Dans le monde, c'est plus fort qu'eux, la guerre reste le seul moyen de ne pas se parler pour résoudre leurs problèmes. C'est à se demander s'il faut encore croire et espérer dans le genre humain !

— Tu peux me refaire un café ? S'il te plaît.

— Pas de soucis, c'est parti.

— Et alors comment vas-tu Gilles ?

— J'ai de plus en plus de mal à me lever le matin, tu vois avant j'adorais être ici pour l'ouverture, mais aujourd'hui je te jure que je ne prends plus aucun plaisir. Ils râlent tous en permanence pour le fric, l'argent est leur seul Dieu. Ils devraient aller voir ce qui se passe à l'étranger, et même dans des pays dits civilisés, ils verraient la chance qu'ils ont d'être en France. Ils se prennent la tête pour des bêtises, quand tu vois que chez nous elles se battent pour porter le voile, alors que dans les pays où les hommes les obligent à le mettre, elles n'en veulent pas. Et je ne te parle pas de ceux qui en politique chez nous, ne sont là que pour satisfaire leur orgueil, leur soif de pouvoir, mais pas pour chercher à améliorer la vie de ceux qui travaillent et qui n'osent pas bouger, défendu par de grandes gueules qui sont incapables d'agir.

— Je te trouve bien agacé.

— Tu vois, les élections approchent et je me dis que tant que nos concitoyens seront plus intelligents que ceux qui nous gouvernent, la France n'est pas près d'aller mieux. Mais parlons d'autre chose, où en es-tu de ton enquête ?

— Il semblerait que tout soit fini. La police anglaise a retrouvé leurs deux corps. Nos présumés coupables sont partis en emportant leur secret. On ne saura peut-être jamais ce qui s'est réellement passé, on ne fait qu'émettre des hypothèses.

— Tu as quand même de la chance.

— Ah bon, tu trouves ?

— Regarde le bon côté des choses, tu continues à croire que vous allez y arriver, sinon tu arrêterais tout, ce n'est pas vrai ?

— Vu sous cet angle, j'approuve. Mais mes clients doivent trouver le temps long, je leur ai promis de trouver le coupable, celui qui leur a gâché à tout jamais, leur vie. Et je ne peux même pas avec cette issue, leur donner un peu d'espoir et la chance de voir ce monstre inculpé et jugé.

— Tu connais le dicton ?

— Lequel ?

— Cent fois, sur le métier remettez votre ouvrage. C'est notre seule possibilité d'avancer dans la vie. Dis-toi bien qu'après cette enquête, tu en trouveras une autre sur ta route et j'ai bien l'impression que c'est ton kif. Tu souris parce que tu sais que j'ai raison.

— Arrête ta philosophie de comptoir, mais je reconnais qu'il y a du vrai dans tout ceci. Je te remercie, tu vois chez toi, je recharge mes batteries et je me doute bien que je ne suis pas le seul.

— À oui. Mais alors ça se finit un peu en queue de boudin, ton affaire.

— Comme tu le dis. Bon, je te laisse, je retourne au bureau. À demain.

— Florence, Jean n'est pas avec toi ?

— Non, il vient de partir à un rendez-vous.

— Viens avec moi, nous allons visiter l'appartement de Louise Vidal avant que la criminelle s'en charge.

— Tu es sûr ? Nous avons le droit ?

— Pour l'instant, rien ne nous l'interdit. Notre seule faute serait de nous faire prendre. Il est vrai que nous allons pénétrer chez elle, sans y être invités, mais je prends le risque.

— Que cherches-tu ?

— Tout ce qui va nous permettre d'avancer, ordinateur, journal intime, lettres, enfin tout ce qui peut avoir un lien avec notre affaire.

— Dépêchons-nous, entre midi et deux, la circulation est des plus facile.

— Voilà, nous y sommes. J'ai bien réfléchi et voilà ce que nous allons faire, toi pour l'instant tu vas rester dans la voiture et tu fais le guet. Je monte, je jette un rapide coup d'œil et si rien n'est à consulter sur place, je te le fais savoir. À ce moment-là tu me rejoins et nous prendrons tout ce qui pourra nous éclairer. Nous consulterons ces documents plus tard à la maison. Si tu vois la police entrer dans l'immeuble, tu me préviens.

— Bien-chef. Sais-tu que c'est mon baptême du feu ? C'est la première fois que tu me permets d'assister sur le terrain et avec toi, à la recherche d'indices, je monte en grade.

— C'est ça ! Dans la boîte à gants, tu trouveras un appareil photo, n'hésite pas à t'en servir si tu vois quelqu'un entrer ou sortir et qui te donne l'impression de ne pas être coutumier des lieux.

— OK, bien reçu chef.

— Ne prends pas tout à la rigolade, c'est sérieux.

— Mais oui, je m'en doute, tu peux y aller.

— Tu en as mis du temps, la fouille fut intéressante ?

— Ce n'est rien de le dire. J'ai pu visionner l'ordi et j'ai ramené tout ce qui était dedans, voici les clefs USB. J'ai regardé les albums photos et copier leur contenu et j'ai pu également récupérer pas mal de lettres. On rentre, avec tout cela, la soirée va être bien remplie.

— Et dire que je craignais de m'ennuyer ce soir. J'ai l'impression, à voir ta tête, que la pêche fut plus que bonne, je ne peux plus attendre, raconte-moi.

— Ce n'est pas facile, en gros, nous nous sommes complètement trompés. Louise et Robert étaient bien de connivences, mais pas pour tuer, plutôt pour retrouver une personne qui leur voulait très certainement du mal. Autrement dit, ils avaient découvert qu'une personne agissait en se faisant passer pour eux. Donc, en leur collant tous ces meurtres sur le dos. Dans la dernière lettre de Robert, il lui demandait de venir le rejoindre à Londres, car il pensait avoir découvert de qui il s'agissait. Mais vu le résultat, celui qui les espionnait avait une bonne longueur d'avance sur eux.

— Tu veux me dire qu'ils ne se sont pas entretués, mais que leur mort serait l'œuvre d'un autre quidam. Aucun des deux n'était l'assassin que nous recherchons.

— C'est cela.

— Attention ! Tu ne l'avais pas vu ?

— Non, heureusement que tu étais là, j'ai eu chaud. J'arrête de te parler en conduisant, c'est trop dangereux.

— Et dans ces lettres, tout ceci est écrit noir sur blanc ?

— Tu le sauras à la maison, cela ne t'a pas suffi ? Au fait nous n'avons rien mangé, si je m'arrêtais à la boulangerie en me garant devant la maison, ne prendrions-nous pas deux sandwichs ? Nous dînerons mieux ce soir.

— OK, prends-moi un jambon beurre et n'oublie pas les cornichons.

— Madame, nous sommes arrivés sans accident, et bientôt rassasiés, que demande le peuple.

— Par quoi commence-t-on ?

— Occupe-toi de l'ordi, pendant que je lis toutes les lettres, tu es plus calé que moi avec ce genre d'outil. Et tu sais je voulais te dire qu'on a tous reçu un coup sur la tête, moi aussi je croyais vraiment que nous approchions du but, comme dans un puzzle, les pièces me semblaient toutes à leur place. Ne t'en fais pas, attendons le résultat des autopsies, nous y verrons aussi plus clair.

— Ce travail est fastidieux, j'arrête et toi, tu n'en as pas marre ?

— Si. Nous allons essayer de mettre en ordre ce que nous avons trouvé. Tu commences ?

— Ce qui est sûr, dans tout ce que j'ai pu lire et qui figure dans son ordinateur, c'est qu'ils s'appréciaient beaucoup. Tout au long de ces années, une véritable amitié les a réunis. Si je me fie à ce qu'elle dit de lui, Robert Mulligan n'avait plus rien à voir avec celui que son ex-femme avait connu depuis son retour de la guerre du Viet Nam.

Après son passage en prison qui lui fut bénéfique, il s'est vraiment repris en main, il ne buvait plus, le sport et son hygiène de vie lui apportaient une satisfaction suffisante pour revivre après tout ce qu'il avait connu. Il se sentait bien et son seul espoir résidait dans l'obtention du pardon de son fils. Il ne s'est jamais découragé pour rentrer en contact avec John, mais jusqu'à maintenant sans succès. Depuis sa rencontre avec Louise, les choses ont évolué. Louise fait aussi allusion au fait qu'elle croit être suivie très régulièrement. Et Robert confirme avoir la même impression, il est sûr que quelqu'un le trace depuis son installation en Europe. Sur la fin, Louise fait allusion à une idée qu'elle a eue, et qu'elle croit être vérifiable bien que Robert doute de la véracité de ses dires. Elle part du principe qu'elle a vu Robert Mulligan renverser François Vidal et si ce n'est pas lui, c'est forcément une personne qui lui ressemble. Et qui mieux qu'un jumeau ressemble à son autre, se dit-elle ? Serait-ce possible ?

— Et qu'en pense le premier concerné ?

— Il ne peut pas croire que tout le monde se soit trompé. Pour lui, Burt est mort le jour de l'accident de ses parents, ce qu'a confirmé la police américaine, qui n'est pas plus nulle que la nôtre.

— Mais il me semble bien que son corps n'ait jamais été retrouvé, je ne dis pas de bêtises ?

— Non, tu as raison.

— Je ne sais plus où j'ai lu ceci. Si, je crois me le rappeler, c'est l'ami de mon oncle qui lui a fait part de cette étrange disparition. Il connaissait bien la famille ou c'est François Vidal qui l'avait mis au courant, je ne sais plus. Tout avait été mis en œuvre pour le retrouver, et pourtant le constat était sans appel.

— Mais depuis tout ce temps, comment avait-il pu vivre ? Et venir en Europe en suivant son frère, avec tout ce que cela entraîne de frais. Au fait, quel âge avait-il lors de la mort de ses parents ?

— Je me souviens qu'il avait trente-neuf ans, et je m'étais dit qu'à cet âge, vivre encore chez ses parents n'était pas normal. Comment j'ai pu passer à côté de ceci ? J'étais trop sur le dos de Paul Raquin, je n'ai pas percuté.

— Que veux-tu dire ?

— Ne vois-tu pas ? Ce garçon ne devait pas être bien normal, il devait avoir des problèmes psychiques, sans doute suivi par un toubib pour vivre en dehors d'un centre spécialisé. Avec les moyens financiers de la famille, il a dû échapper à un internement. J'espère que Philippe à Londres aura pu, si la police anglaise lui en laisse le loisir, trouver quelques renseignements sur ce dernier. Robert devrait bien avoir gardé des souvenirs de son frère jumeau.

— Je trouve que tu extrapoles beaucoup, nous n'avons pas de certitude pour tout ceci. Comment vas-tu t'y prendre maintenant pour le prouver ? La seule personne qui pouvait te donner raison, Robert Mulligan, est morte. Je crois très sincèrement que nous sommes arrivés à une impasse, je ne vois pas ce qui pourrait nous sortir de cette ornière. Nous sommes face à une porte blindée sans connaître la manière de l'ouvrir.

— J'ai compris, arrête, tu ne vas pas me raconter toutes les façons qui existent pour m'annoncer que je suis dans la M…

— Excuse-moi.

— Dans mon travail, je sais qu'il ne faut jamais renoncer, une preuve se trouve quelque part cachée et sous mon nez, à moi de la découvrir. Tu peux répondre ?

— Allo ? Je suis bien à l'agence de la rue du château ? Ah non, pas encore une fois, je vous ai reconnu. Vous voulez parler à Jacques ? Je vous le passe, c'est ton oncle.

— Alors quoi de neuf, Docteur ?

— Pour une fois les Anglais sont sympas avec nous, ils collaborent bien, Philippe participe à l'enquête, il rentre demain. Ils m'ont envoyé les résultats des autopsies.

— Et alors ?

— Ils n'ont pas pu s'entretuer, car ils n'ont pas retrouvé d'armes sur place. Mais surtout et tu ne le devineras jamais ?

— Je vais te le dire. Parce qu'ils ne sont pas morts le même jour.

— Comment le sais-tu ?

— Le génie, en as-tu entendu parler ?

— Ne me prends pas pour un idiot. Et j'ose espérer que tu n'as pas commis de bêtises, comme de t'introduire dans l'appartement de Louise Vidal ? Par exemple.

— Il fallait bien que je m'occupe. Comment as-tu deviné, toi aussi.

— Il m'a suffi de me mettre à ta place pour découvrir quelle connerie était réalisable à ton niveau. J'espère que tu n'as pas contaminé l'intérieur de son appart.

— J'avais pris aucun risque, j'avais mis des gants et des protèges chaussures, et je n'ai fait que copier sur des clefs USB ce qui pouvait l'être. Avec Florence, depuis le début de l'après-midi, nous essayions de tout visionner pour voir où cela nous mène.

— Et alors ?

— Je peux t'annoncer que nous avons drôlement bien progressé. Et comme tu le dis, s'ils ne sont pas morts le même jour, il est très probable dans ce cas, que ce soit la même arme qui est fait tout le travail, n'est-ce pas ? J'ajoute qu'elle a même très certainement servi dans les meurtres à Paris, j'en ai l'intime conviction. Nous le saurons demain après l'expertise, mais cela ne fait aucun doute. Et si je peux me le permettre, je crois savoir qui est l'assassin.

— Tu m'intéresses, moi qui croyais qu'il s'agissait d'un fantôme.

— Tu ne penses pas si bien dire.

— Je ne suis pas très loin de chez vous, voulez-vous m'accueillir et m'expliquer tout ça ?

— Tu n'as rien contre un apéro ?

— Au contraire, je préviens ta tante que je rentrerais un peu plus tard, à tout de suite.

— Florence, il vient prendre l'apéritif, a-t-on ce qu'il faut ?

— Je prépare tout, installe-le dans le bureau, je fais réchauffer le reste de pizza d'hier et j'ai quelques cacahuètes, commencez sans moi, je me dépêche.

— Alors Monsieur le détective, qu'as-tu de si important à me dire ?

— Commence à regarder ceci. C'est tout ce que j'ai trouvé chez la fille Vidal. Pour l'ordi et le reste, tout est resté en place. Mais heureusement que j'ai pris la liberté de t'amener ces lettres qui vont t'aider à mieux comprendre ma manière de voir.

— Je te l'accorde, mais fais attention, un jour tu tomberas sur un commissaire moins compréhensif que moi.

— Je le sais, tu n'arrêtes pas de me le dire. Mais enfin, si hier vous vous étiez bougé les fesses, car ces lettres étaient à portée de mains, nous aurions pu gagner du temps, tu ne crois pas ?

— C'est vrai. Dis donc, je vois qu'elle disculpe complètement sa personne et Robert Mulligan en nous orientant sur la piste du frère. Ceci te paraît-il vraisemblable ?

— Vois-tu une autre piste ? Si ce n'est aucun des deux, il faut bien admettre qu'une tierce personne soit notre homme.

— Enfin, bonjour, Florence, comment allez-vous ?

— Très bien merci.

— Et moi qui vous croyais plus intelligente que mon neveu, il m'apparaît que je me suis trompé.

— Que voulez-vous dire ?

— Vous ne pouviez pas l'empêcher d'aller mettre ses pattes où il ne fallait pas ? Si vous vous en croyez capable, il ne faut pas vous gêner, je vous appelle la prochaine fois ? Je me demande si vous le connaissez autant que cela.

— Je plaisantais, mais tout de même soyez plus ferme la prochaine fois, où je serais dans l'obligation de l'enfermer au poste.

— Ne vous gênez pas, cela me fera des vacances.

— Ce n'est pas encore fini ces enfantillages. Tonton, tu ferais mieux de travailler, bien que ce soit vrai que dans la police, vous n'y soyez pas trop habitué.

— Ne me manque pas de respect, veux-tu ?

— Qu'est-ce que l'on vous serre ?

— Je vais prendre un whisky comme lui, s'il vous plaît.

— Comme nous.

— Ah bon, je m'en souviendrais. Merci.

— Revenons à notre affaire. Dans la lettre numéro trois, as-tu remarqué que Louise a apprécié le tatouage de Robert au niveau de l'épaule ? Est-ce que ce signe particulier est inscrit sur le rapport d'autopsie ?

— Oui, il est indiqué. Dans l'ensemble, à la vue de ces lettres, il est très difficile de comprendre ce qui a pu faire changer d'avis Louise au sujet de Robert. Comment s'y est-il pris ?

— Attends c'est dans l'ordi. Regarde, depuis qu'ils ont fait connaissance, et qu'ils se voient régulièrement à Paris, elle a pu constater que les meurtres n'étaient pas de son chef. Ils ne pouvaient pas lui être accordés, car justement ils étaient ensemble. Il y a quelques jours, nous pensions l'inverse, car pour nous le fait d'être ensemble, prouvait leur complicité.

— J'en déduis pour l'instant que Robert Mulligan n'était pas le tueur et que Louise n'était pas sa complice dans les meurtres, mais qu'ils étaient associés pour essayer de trouver le coupable. La dernière lettre de Robert à Londres lui demande de venir de toute urgence, car il croit avoir localisé Burt, son frère. Dommage qu'il ne lui donne pas plus de précisions.

— Je conçois que pour toi, il n'y a plus de raison de douter. Burt a tué Robert avant que Louise arrive à Londres et il l'a supprimé le lendemain. C'est bien ce que tu penses ?

— Oui, et vu sa fourberie ou sa folie, cet homme est même, à mon avis, capable d'avoir pris en otage son frère pour le forcer à écrire cette lettre.

— Je ne suis pas tout à fait d'accord. Je ne te suivrais pas dans cette hypothèse.

— Pourquoi ?

— Parce que je pense qu'il aurait mieux fait d'occire son frère, mais après lui avoir fait écrire une lettre où il reconnaissait être l'auteur de tous ces crimes. Il se disculpait, c'était tout bénéfice pour lui. Et même si plus tard, par hasard, Louise le rencontrait et le signalait à la police, il aurait la possibilité de faire croire qu'il était Robert, surtout que prévenant il aurait pu voler les papiers d'identité de son frère. Plus rien ne pourrait l'accuser, tu me suis ?

— Tu m'énerves tonton. Ce n'est pas bête, ton raisonnement se tient. Il est indiscutable que tous les accusés cherchent à se disculper.

— Mais alors pourquoi n'a-t-il pas exécuté ton plan ?

— Le saurons-nous jamais. Bon, il se fait tard et tante va s'inquiéter, merci pour ce moment, studieux et néanmoins agréable, je vous laisse. Demain est un autre jour et plusieurs de nos questions trouveront une réponse après une bonne nuit de sommeil.

— Rentre bien, on s'appelle, et tiens-moi au courant dès que Philippe est rentré. Si tu peux lui dire de me joindre, je t'en saurais gré.

— Je n'ai même plus faim et si nous allions au lit ?

— Il n'est pas un peu tôt ? Je ne voudrais pas que tu lises trop pour occuper le temps.

— J'avais une autre idée.

— Je m'en doutais, le premier arrivé dans la chambre a gagné…

Le 19 novembre

— Alors Gilles, toujours d'attaque ?

— Et je vois que Monsieur n'est pas en reste, tu vois la vie continue.

— Tu avais raison hier, les jours se suivent, mais ils ne se ressemblent pas tous. Dans mon affaire, je vais de surprise en mystère.

— C'est bien, c'est ce qui nous tient éveillés. Tu vois aujourd'hui, je croyais que tout allait être comme d'habitude, eh bien non, mon boucher vient de me prévenir que je ne pourrais pas être livré ce matin. La viande que je lui avais commandée n'est pas arrivée à Rungis, comment vais-je faire ?

— J'ai confiance, tu vas très certainement réussir à te sortir du pétrin.

— Dis plutôt que tu t'en fous, tu ne déjeunes pas ici et puis tu es à nouveau sur le gaz, je vois que ton cerveau n'est plus au ralenti, il bouillonne de bon matin. Quelle chance nous avons, nous sommes en vie, c'est tout.

— Dis-moi, aurais-tu changé de marque de café ?

— Oui, j'essaie un café plus corsé, ça ne va pas ?

— En fait je ne sais pas. C'est le changement qui me perturbe, en tout cas, il est aussi bon.

— Alors qu'est-ce que je fais, je le garde ?

— Je me doute que tu le sais déjà. Bonne journée à tous et à demain.

— Bonjour, Jean, ton rendez-vous d'hier s'est bien passé ?

— Extra, si ça marche, nous allons être tranquilles pour un bon moment.

— De quoi s'agit-il ?

— Florence ne t'en a pas parlé ?

— Elle a dû oublier.

— Je t'explique vite fait. Le groupe Amazone est confronté à une série de vols qui ne fait que grandir, dans ces entrepôts. Le groupe nous propose d'intervenir pour mettre un terme à ses agissements. Depuis quelques mois, certains particuliers ne reçoivent pas leur commande de portable ou d'objets à la mode et de valeur. J'ai préparé un contrat que je vais leur soumettre, vous jetterez un œil dessus, nous devons être vigilants, car nous ne sommes pas les seuls sur les rangs, mais je pense que nous avons toutes nos chances.

— Ne crois-tu pas que nous ne sommes peut-être trop petits par rapport à ce monstre.

— Au contraire c'est notre chance, la petite taille de notre entreprise leur offre plus de discrétion. Nous pourrons éviter les fuites et ainsi être plus efficaces dans notre travail.

— OK, tu fais pour le mieux, tiens-nous au parfum, on en reparle vite d'accord ? S'il faut donner une réponse, tu as carte blanche. Il semble que de notre côté l'affaire se termine, bientôt nous serons en mesure de te rejoindre. Avec ce que nous savons, nous n'avons plus qu'une personne susceptible d'être notre homme. Il n'y a plus qu'à mettre la main dessus, et sachant que nous courons après un vieillard, cela ne devrait plus traîner. Je te laisse, je cherche à joindre Philippe.

— Allo Philippe ?

— Tu ne perds pas de temps.

— C'est une course contre la montre, il n'y a pas de temps à perdre. Peut-on se voir ce matin ? J'aimerais que tu me parles de ton court séjour chez les petites Anglaises. Es-tu sûr qu'il s'agit bien de Robert Mulligan ? Possèdes-tu plus de précisions sur ce dont j'ai besoin de savoir ?

— Je viens d'arriver au bureau, d'ailleurs j'allais t'appeler comme me l'avait suggéré le commissaire. Je t'attends en bas au bar du coin.

— Florence, je rejoins Philippe, il vient d'arriver, je te donne des nouvelles dès que possible.

— Je rejoins Philippe à toute vitesse.

— C'est déjà toi, comment fais-tu ?

— Je ne voulais pas te faire attendre. As-tu fait bonne route ? Toi qui excelles en Anglais, ils ont dû être impressionnés dans la police. Trêve de plaisanterie, que peux-tu m'apprendre de nouveau ?

— Les Anglais ont été très sympas avec moi sans doute grâce à mon accent, j'ai pu accéder à toutes les pièces du dossier et enquêter à leur côté. Toutes les hypothèses que tu avais mises en place dernièrement ne se sont pas déroulées comme tu le pensais, j'ai pu en avoir la preuve. En effet Robert vivait à Londres depuis plus de deux années, sans faire parler de lui, aucune infraction à lui reprocher dans son comportement. Ses voisins l'on décrit comme une personne simple, à qui ils n'avaient rien à reprocher. Il circulait dans Londres avec les transports publics uniquement. Tous avaient remarqué la venue d'une femme qu'ils pensaient être sa fille. J'ai su par la police que ces derniers temps, il prenait souvent un taxi pour vagabonder dans la ville à la recherche de quelqu'un ou de quelque chose, le chauffeur ne savait pas très bien, seule bizarrerie du personnage. Bien sûr, il possédait un ordi qui a répondu à mes nombreuses questions. Grâce à son contenu, j'ai pu comprendre ce qui lui était arrivé et sur ce qu'il espérait obtenir à présent. Je ne te raconte pas tout, tu en connais déjà pas mal, mais pour ma part, je ne me doutais pas qu'il avait un frère. Il le décrit comme un homme à problème et cela depuis son enfance. Pour lui, il souffrait de trouble psychique important. Il aurait dû être interné, le toubib qui était chargé de lui le préconisait, mais sa famille qui savait les risques encourus, ce dernier ayant déjà provoqué des accidents plus ou moins graves, refusait de s'en séparer. J'ai trouvé une lettre adressée à Louise, ou il lui fait part de son trouble par rapport à l'accident de ses parents, il pense que son frère aurait tout combiné, leur mort et sa disparition. Mais je n'ai nullement trouvé de preuves dans l'ordi, ce n'était que des suppositions. Ce qui n'est pas ordinaire, c'est que Louise lui fait part de son sentiment d'être observée, suivie, lui, il ressent la même impression. Il va même plus loin, car il dénonce son frère Burt. Il est sûr que ce dernier les espionne, il demande à Louise de se rendre à la police pour le signaler. Ce qu'elle ne fera pas, vu la suite des évènements. J'oublie, dans son portable il y avait un message, elle était très étonnée de ne pas le voir à son arrivée à la gare de Londres. Elle serait chez lui dans quelques minutes et espérait qu'il ne fut pas malade. Ainsi nous savons donc que Robert était déjà mort et que son frère devait être là, dans son appartement à attendre Louise. Un voisin qui l'avait aperçu le matin même, ne s'est rendu compte de rien, la ressemblance est terrible. Il a donc passé une nuit avec son frère mort, dans les mêmes pièces.

— Tu m'apportes tout ce qui me manquait. Et vous n'avez rien trouvé sur l'endroit où il pourrait se cacher ? Habitait-il, lui aussi à Londres ? Et avez-vous trouvé une arme ?

— Non, il n'y avait aucune arme. Pour savoir où il pourrait se rendre, les Anglais n'en ont aucune idée. Je sais qu'en ce moment, ils visionnent toutes les caméras qui se trouvent à l'entrée ou à la sortie de la gare de Londres Saint Pancrace, de même pour les voies navigables et bien sûr les aéroports. Je sais qu'ils ont demandé à la police française de faire de même, pour l'Eurostar, arrivée et départ. Nous savons également qu'il n'avait aucune résidence chez eux. Ils font aussi la tournée des hôtels et des chambres d'hôtes. Nous n'avons aucune raison de partir à sa recherche tant que nous ne sommes pas certains qu'il ait quitté Londres. Cependant j'ai sollicité l'aide d'Interpol pour l'étranger, on ne sait jamais.

— Tu crois qu'il pourrait tenter de rentrer aux USA ?

— Rien n'est impossible. Mais pour ce faire, il faudrait qu'il puisse disposer de toutes ses liquidités. Comment a-t-il fait durant toutes ces années pour vivre et voyager ? Il a dû transférer ses fonds en Europe depuis pas mal de temps. Et comment a-t-il fait pour détourner cet argent ? À la mort de ses Parents, c'est Robert qui a hérité, puisque son frère était mort disparu, pal mal d'ombre encore à élucider. En revanche, maintenant s'il veut faire le chemin inverse, ceci va être délicat avec la douane américaine. Cela me paraît compliqué, tu ne le penses pas ?

— Si. Ce qui me dérange dans tout cela, c'est que pour un idiot, il n'est pas si bête.

— Attention, on ne dit pas qu'il serait idiot, moi je pencherais pour fou, et ce ne sont pas les plus fous, les plus « cons », si je peux m'exprimer ainsi.

— Entre toi et moi, à ton avis, est-ce bien la dernière version de l'histoire ? Parce qu'avec tous les changements que nous avons connus, je n'aimerais pas apprendre que ce Monsieur est mort lui aussi.

— Pour l'instant, on ne peut rien affirmer, attendons de voir ce qu'il nous aura préparé pour la suite. Car si je me mets à sa place, il a bien dû prévoir une sortie de secours, tu ne crois pas ?

— Oui, oui. Une dernière chose, son tatouage signifiait-il quelque chose ?

— Que veux-tu dire ?

— C'était figuratif, comme une fleur, un poisson, ou alors plutôt un texte ou des chiffres.

— Oui, c'est ça, un numéro et deux lettres, 9RM. Nos amis anglais pensent qu'il peut vouloir dire, neuvième régiment de marines. Ils attendent la confirmation.

— Excuse-moi, un appel. Oui, Monsieur Vidal ?

— Vous serait-il possible de venir à la maison ? Je viens de recevoir un courrier qui vient d'Angleterre, que dois-je faire ?

— J'arrive, ne touchez pas au contenu de cette lettre, à moins que ce ne soit déjà fait. Restez chez vous. Veux-tu venir avec moi ?

— Bien sûr, je ne voudrais pas manquer cela.

— À quoi tu penses ?

— On vient juste d'en parler, c'est certainement Burt Mulligan qui cherche un moyen pour fuir ou pour éliminer un témoin. John n'est pas encore au fait de tout ce que nous savons. Si l'oncle nous prend de vitesse, il peut demander à son neveu en se faisant passer pour son père de l'aider à s'enfuir. John n'y verra que du feu, surtout que depuis son rapprochement avec Louise, il n'est plus défavorable à l'idée de rencontrer son père. Il faut faire vite. Tu te rappelles où il habite ?

— Oui, rue Lecourbe. Exactement impasse villa poirier, cela se situe presque à la fin de la rue Lecourbe. Il y a un magasin de spiritueux à l'enseigne de Nicolas, tout près. Tiens c'est là, tu vois.

— Bonjour Monsieur Vidal.

— Merci d'être venu si rapidement. Je voulais votre présence pour ne pas faire d'impair, car sur cette lettre, il n'y a pas d'expéditeur indiqué et ce n'est pas un document administratif anglais. Je n'attends pas de courrier venant de ce pays. La seule personne qui serait susceptible de me joindre serait mon père, mais j'ai appris ce matin par la police anglaise, son décès. Retrouvé mort chez lui à Londres ainsi que Louise, ma demi-sœur. Depuis quelque temps nous avions repris contact, d'abord méfiant, je m'étais laissé convaincre par ma sœur qui semblait faire une totale confiance à mon père. Ils m'avaient assuré que bientôt, ils pourraient me prouver, et me procurer les preuves qu'il n'était pour rien dans tout ce qui s'était déroulé, la mort de François Vidal et tous les meurtres que la police leur attribuait. Comme vous ne m'avez pas contacté, je ne savais pas si je devais accorder du crédit à tout ceci. À votre rapidité pour venir, je me doute que tout est vrai et je comprends pourquoi vous faisiez surveiller ma maison. Pourquoi ont-ils été tués ? Avez-vous des réponses à me donner ?

— Monsieur Vidal, s'il vous plaît, pas si vite, chaque chose en son temps. J'espère qu'à la lecture de cette lettre, nous y verrons plus clair. Où se trouve votre courrier ?

— Suivez-moi, prenez une chaise. Tenez.

— Non, non, elle vous a été adressée, c'est à vous de la lire, il se peut qu'il s'y trouve des choses privées, qui ne regardent que vous, que nous n'avons pas à connaître. Je vous en prie, lisez-la tranquillement et si vous jugez que nous pouvons prendre connaissance de son contenu, vous nous remettrez cette dernière. Pouvez-vous simplement m'indiquer l'expéditeur.

— C'est mon père, je vois plusieurs feuillets. Si vous désirez un café, ne vous gênez pas, la machine et les dosettes sont là, servez-vous.

— Pourquoi pas, merci. Philippe, je t'en fais un ?

— Avec plaisir.

— Et au fait je voulais te demander comment tu as trouvé Londres et ton passage dans le tunnel ? L'avais-tu déjà emprunté ?

— Non, c'était mon baptême. C'est assez impressionnant, heureusement le trajet est court, il ne dure pas trop longtemps, et on ne soupçonne pas la vitesse, mais je t'avouerais que le ressenti est un peu stressant. L'avantage reste le temps gagné, c'est tout.

— Ce qui n'est pas si mal quand on pense à autrefois et je ne te parle pas de jadis.

— Que se passe-t-il, Monsieur Vidal ?

— Rien, ce n'est que l'émotion. Je commençais, grâce à Louise, à entrevoir la vérité, maintenant que je la connais, je me rends compte de tout ce que j'ai perdu avec lui, et que je ne retrouverais jamais. La vie se déroule sous nos yeux et nous sommes incapables par orgueil ou par bêtise, peut-être même par timidité aussi, d'interférer tant qu'il en est encore temps, dans son déroulement. Vous pouvez lire cette feuille, elle concerne votre enquête. Les autres ne vous regardent pas, elles concernent le côté financier. Si vous pensez le contraire, je les tiens à votre disposition. Elles ne relèvent en rien des meurtres.

— Je vous remercie, je commence.

— Le 16 novembre 2023, à Londres.

— John, je ne sais pas si j'ai le droit après toutes ces années gâchées sans aucun doute par ma faute, de te dire que tu es et que tu seras toujours mon fils chéri. Je reconnais hélas que tout ce qui a perturbé ta vie est le fruit de ma bêtise. Je vous ai fait du mal à toi et à ta mère, mais il faut que tu saches que je n'étais plus moi-même. Cette guerre à laquelle j'ai participé ne m'a apporté que du malheur. Je suis rentré du Viet Nam très abîmé psychologiquement, ce que je ne voulais pas admettre par orgueil, je n'avais plus d'estime pour l'individu que j'étais devenu. Et voilà comment un soir de beuverie j'ai fait irréparable. Tu le sais, je ne me cherche pas d'excuses, mais depuis mon passage en prison, j'ai changé, grâce à un toubib qui croyait en moi, et qui m'a permis d'exorciser et de comprendre ma peur. Mais je vous avais perdu. J'ai appris également la disparition de toute ma famille dans un accident de la route. Depuis ma sortie je t'ai cherché et retrouvé. Souvent j'ai essayé de te parler pour te faire comprendre que je regrettais sincèrement de t'avoir fait souffrir. Et puis, il y a à peu près deux années, j'ai fait la connaissance d'une fille aux USA, qui en discutant m'a affirmé être ta sœur, Louise. Au début, notre relation était franchement peu amicale, je crois qu'elle cherchait à me faire avouer un crime que je n'avais pas commis. Elle était sûre de m'avoir vu au volant de la voiture qui avait percuté et tué François Vidal, son père. Je ne savais pas quoi faire pour quelle cesse de me voir comme un assassin. Et puis, il y a eu tous ces meurtres à Paris ou Louise et toi avez pensé qu'ils étaient de mon fait. Mais heureusement qu'elle a su faire la part des choses. Elle n'a plus pu douter qu'il ne pouvait pas s'agir de moi, puisque nous étions ensemble à Paris pour chacun des meurtres de l'année 2023. Là, elle a reconnu mon innocence et je sais qu'elle a essayé de t'influencer. Petit à petit, nous avons renoué et je sais qu'aujourd'hui, je suis à la veille de te revoir et savoir que tu m'accordes enfin ta confiance me remplit de bonheur. Cependant, il ne nous a pas effleuré l'esprit que si ces homicides existaient et qu'ils n'étaient pas de notre ressort, qui pouvait bien être leur auteur ? Il serait trop long de tout t'expliquer surtout qu'on se voit bientôt, mais nous sommes sûrs à l'heure où je t'écris que nous le connaissons. Nous lui avons tendu une embuscade et nous ne doutons pas qu'il vienne s'y prendre. Après-demain j'ai rendez-vous avec ta sœur à Londres. Une fois pris dans notre piège, nous le ferons arrêter par la police et enfin nous pourrons rentrer pour toujours à Paris, pour vivre une vie de famille que nous désirons tous. J'attends cet instant depuis si longtemps, je ne veux pas que tu me pardonnes mes fautes, je les assume, reprenons notre vie, comme si nous ne l'avions jamais quitté. Juste une dernière chose, au cas où nous aurions eu un problème de transport, si tu crois me voir, prend garde. Nous te préviendrons dès notre arrivée. Je t'embrasse, tu es la seule joie que je désire connaître maintenant.

— Ton père.

— Votre lettre confirme tout ce que nous savons. Il n'a pas osé vous dire qu'il soupçonnait son frère Burt Mulligan d'être l'homme que nous voulons arrêter.

— Je croyais qu'il était mort dans l'accident de mes grands-parents, maman me l'a toujours affirmé.

— On ne sait pas comment il a pu s'y prendre, mais pour ton père il s'est enfui lors du piège qu'il avait minutieusement préparé. Il n'a pas été enlevé par des bêtes sauvages comme l'a pensé la police américaine. Il se peut même que ce soit lui qui est tout manigancé, pour mettre en place sa disparition.

— Mais pourquoi aurait-il échafaudé ce plan, il est fou ?

— Il se pourrait bien que oui. Pourrons-nous un jour savoir ce qu'il avait dans la tête ?

— Si je vous comprends bien, il est toujours dans la nature, peut-être même en France.

— On ne peut pas l'exclure. Nous devons tout faire avant qu'il ne commette une autre folie.

— Vous craignez donc pour moi ?

— Il a bien déjà tué son frère.

— Et vous avez une piste ?

— Non, nous surveillons toutes les sorties et les entrées sur notre territoire, et Interpol se charge d'agir à l'étranger. Nous vous tiendrons au courant dès que nous l'aurons localisé. Et justement nous devons rentrer pour assister à une réunion en vidéoconférence avec la police anglaise à sa demande. Sachez que nous sommes réellement désolés pour vous, ce que vous venez de vivre, en si peu de jours, doit vous paraître insurmontable. Je ne sais quoi faire pour vous venir en aide. Je reste à votre écoute et j'espère très vite arrêter cet homme, ce qui vous apporterait un peu de consolation. À bientôt, Monsieur Vidal, je vous demande néanmoins de ne pas quitter votre domicile, je maintiens votre surveillance en place.

— Merci, à partir d'aujourd'hui je vais rajouter mon premier nom, celui de mon père, à celui de Vidal.

— Vous avez raison.

— Le pauvre, perdre toute sa famille en quelques jours, ce doit être l'enfer. Je me demande ce qu'il va devenir, tout s'annonçait pour le meilleur, après toutes ces années gâchées et d'un coup de dé, le voici à nouveau seul. Je ne sais si je pourrais pardonner et retrouver une vie normale. Et toi, Jacques, que ferais-tu ?

— Je préfère ne pas y penser. N'oublie pas que dans notre métier, il faut rester extérieur à tout ce que nous voyons et traversons, sinon c'est le psychiatre qui nous attend.

— Oui, concentrons-nous sur ce que nous avons à faire maintenant, retrouver ce malade.

— Où étiez-vous tous les deux ? Je vous ai cherché partout.

— Nous étions chez John Vidal. Il venait de recevoir une lettre de son père, qui explique tout ce que nous voulions savoir. Mais pourquoi cet empressement ?

— Les Anglais ont avancé la conférence, elle vient de se terminer. Je vous en fais le résumé. Ils possèdent plusieurs documents visuels de Robert et Louise arrivant ou partant de Londres, sur lesquels leur bonne entente se vérifie sur tous les plans. Mais nos amis d'outre-Manche doutent qu'il s'agisse bien de Robert, tant il est vrai que la ressemblance entre les deux frères est unique. Ils n'arrivent pas à déterminer, lequel des deux est le responsable. Il ne faudrait pas que depuis le départ, nous ayons confondu la victime et le bourreau.

— Tu n'ignores pas que c'est Robert qui a fait la guerre du Viet Nam, que c'est Robert qui a été incarcéré à la suite d'un meurtre commis dans un bar sous l'emprise de l'alcool. On ne peut pas mettre de côté ces évènements. Avant le mariage de Robert, son frère était déjà considéré comme pas très normal et même, si je peux m'avancer dangereux. Explique-leur que nous avons aucun doute sur l'identité de l'un et de l'autre.

— Bien, tu as raison. En revanche, ils sont sûrs que la personne que nous prenons pour Burt a quitté leur territoire. Ils ont plusieurs vidéos de lui à l'aéroport de Londres City. Regardez, je vous mets les images. On le voit prendre un vol pour Genève-Cointrin. C'est un aéroport dans les Docklands spécialement conçu pour les avions à décollage et atterrissage court. Le vol n'excède pas une heure trente. Ce qui pour nous veut dire que Burt Mulligan est à Genève depuis le 17 novembre au soir, il a donc deux jours d'avance sur nous.

— Oui, je récapitule, il a tué son frère le 15 ou le 16 novembre, le 17 il supprime Louise, le soir de son arrivée, juste avant que Philippe n'arrive le 18 et découvre les corps. À ce moment il était déjà parti en suisse, semble-t-il, car cette destination était peut-être que provisoire. Philippe, crois-tu que nous l'ayons perdu ?

— Je ne sais pas si tu as remarqué, mais lorsque nous le voyons marcher dans la rue proche de la gare pour se rendre à l'aéroport, et quand ii se tient et repart des guichets dans le hall de l'aéroport, il ne me paraît pas bien portant, tu ne trouves pas ? Sa démarche m'a choquée. Il me semble même qu'il ne tient pas trop l'équilibre face au guichet.

— Vous pouvez nous repasser les images, s'il vous plaît ?

— Regarde, tu ne vas pas me dire qu'il te paraît normal ?

— Je vais t'appeler œil de lynx, tu vois tout, c'est incroyable. Mais qu'est-ce qui se cache là-dessous ?

— Que peut-on faire maintenant ?

— Si j'en savais plus, je vous enverrais bien à Genève, mais il faudrait savoir où il demeure ? Sinon ce serait chercher une aiguille dans une botte de foin. Ne nous affolons pas, avec Interpol, les choses ne devraient pas traîner, surtout que maintenant ils savent où le chercher. Rentrez chez vous ce soir, je vous appelle demain dès qu'ils auront une piste. Tenez-vous prêt à partir.

— On fait comme ça, allez viens Philippe, nous allons prendre un verre.

— Je ne vous accompagnerai pas, messieurs, malgré votre invitation ! Je suis attendu à la maison.

— Je m'en doutais bien, c'est pour cela que je ne te l'avais pas proposé.

— Filez ou je vous mets de garde ce soir.

— Je ne suis plus sous tes ordres, je suis libre moi. Cours vite, Philippe…

— Que cela peut faire du bien, après une course folle, un petit rosé bien frais, c'est le paradis.

Le 20 novembre

— Dis donc, je ne sais pas à quelle heure tu es rentré, mais il me paraît certain que tu n'avais pas bu que de l'eau, je me trompe ?

— Ne dis pas n'importe quoi, j'étais avec Philippe et tu sais bien qu'il ne se couche jamais tard.

— Sauf quand il a un verre dans le nez. C'est tout ce que tu as à me proposer pour ta défense ?

— Pourquoi, ai-je besoin d'un avocat, votre honneur.

— Non, mais tu aurais pu m'appeler, tout de même.

— Je suis impardonnable, je mérite tes reproches et une bonne punition.

— Très bien, je te condamne à laver la vaisselle à midi et ce soir et peut-être que je te pardonnerai.

— J'accepte.

— Sans te battre, tu renonces bien vite mon ami, c'est bizarre.

— Excuse-moi, le téléphone sonne.

— Allo, Monsieur le Commissaire, que se passe-t-il ? Vous êtes sûr, ma présence est indispensable, très bien j'arrive. Oui, je fais le plus vite possible.

— Que se passe-t-il ?

— Je ne sais pas, la police me demande de partir avec un inspecteur à Genève sans perdre de temps. Ils auraient localisé la maison de Burt Mulligan.

— Je comprends tout, cet inspecteur ne s'appellerait-il pas Philippe ? Tu m'as bien eu, on en reparlera à ton retour. Donc tout converge vers le frère de Robert, vous êtes sûr de vous ?

— Oui, il n'y a plus aucun doute. Je pars vite, ne m'en veux pas, nous réglerons cet incident fâcheux dès que je rentre. D'ailleurs j'entrevois une punition, qui te serait plus profitable, qu'en penses-tu ?

— J'attends avec impatience le retour du guerrier. Vous partez en voiture ?

— Oui, s'il nous faut nous déplacer, ce sera plus commode. Je t'appelle dès que nous sommes arrivés.

— J'y compte bien, je ne voudrais pas t'user…

— J'arrive au poste et je vois que Philippe et mon oncle m'attendent.

— Bonjour, Messieurs, je vois que tout le monde est prêt.

— Vous en avez pour longtemps ?

— Si on ne perd pas trop de temps, je dirais un peu plus de cinq heures. Nous devrions donc arriver vers treize heures trente, si tout va bien.

— Vous pouvez vous rendre directement à son domicile, j'ai eu confirmation de sa présence sur le sol helvète, et de sa localisation. L'adresse exacte arrivera vite, je vous la communiquerais pendant votre trajet, vous n'aurez plus qu'à l'intégrer dans le GPS. Sur place, vous serez accueillis par un inspecteur de la police suisse. J'aimerais que vous lui laissiez les prérogatives pour l'ouverture et les premières recherches. Après vous verrez avec lui, mais surtout ne cherchez pas les problèmes, compris ? Je ne voudrais pas passer ma journée à m'excuser pour vous et votre manque de savoir-vivre. Sur la route, pensez à respecter les limitations de vitesse, vous savez que dorénavant vous êtes responsables, alors si vous voulez perdre des points, c'est votre problème.

— Nous ferons pour le mieux, chef.

— Bonne route et ramenez-le-nous vite. Je compte sur vous.

— C'est parti mon Philippe.

— Et pourquoi, c'est toujours toi qui conduis ?

— Sinon on prend deux voitures, c'est comme tu le veux ? Soit tu prends ta voiture tout seul, soit tu dors et je ne veux plus t'entendre jusqu'à Genève, je me suis bien fait comprendre ?

— Arrête de me faire peur, je ne vais pas pleurer. Mais ne vient pas demain me reprocher que c'est ma faute si tu es fatigué, tu l'auras bien cherché. Voilà, moi en attendant, je compte les moutons.

— Allez, direction l'A6, porte d'Orléans.

— Quelques heures plus tard.

— Mâcon, dix minutes d'arrêt.

— Tu n'es pas obligé de crier comme ça, je ne suis pas sourd.

— Je vais me faire un café, ça te dit ?

— Oh oui, je veux bien me dégourdir les jambes. On en a encore pour longtemps ?

— En gros, une heure trente. Nous allons rejoindre l'A40 maintenant.

— Tu as reçu l'adresse de ce tordu ?

— Oui, d'ailleurs je vais l'entrer dans le GPS. Tu peux m'aider ? Tape un, Rue François-Bellot à Genève.

— Voilà, tu as vu, c'est dans le centre, ce n'est pas gagné. Bon, on va se le faire ce café ? Et je voulais te demander, mais dans ta voiture, le chauffage marche mal, c'est normal ?

— Oui, c'est moi qui le mets ainsi, quand il fait trop chaud, j'ai tendance à m'endormir. Surtout qu'hier, ce ne fut pas une soirée des plus propice pour un long voyage routier. Allez, ne perdons pas de temps.

— S'il avait quitté Genève, nous le saurions. Il ne peut être que chez lui, tu ne penses pas ? Ai-je le droit de prendre un sandwich ?

— C'est juste, nous ne sommes pas à la pièce et nous ne ferons pas l'aller-retour dans la journée, alors prenons notre temps.

— Qu'est-ce que tu es gourment ?

— Pourquoi ?

— Les barres de rochers et les bonbons, ce n'est pas vraiment comme les cinq fruits et légumes par jour pour la santé.

— Est-ce que je regarde ce que tu manges !

— Fini la pause, il est temps de repartir.

— Et voilà, nous y sommes. Quatorze heures, Genève nous voici. Maintenant le plus difficile va être de se rendre rue François Bellot. Le GPS m'a fait mentir, c'était plutôt facile de circuler dans cette ville. Je croyais qu'il serait plus compliqué de traverser toute cette ville. Et même pour se garer, c'est fastoche. Ses Suisses nous étonneront toujours. Il faut bien reconnaître qu'il est plus aisé de circuler ici qu'à Paris.

— Bonjour, Messieurs, inspecteur Lagrange, je suis chargé de vous accompagner et de faciliter votre séjour, je vous attendais.

— Enchanté, inspecteur Philippe Grangier et Jacques Duflont.

— Je suis là depuis une bonne demi-heure et je n'ai pas l'impression que l'appartement est en ce moment habité.

— Frappons, nous verrons bien.

— Vous aviez raison, personne ne se manifeste. Allons voir le concierge, il doit bien avoir un double des clefs et il nous servira de témoin.

— J'allais vous le proposer, je m'en charge.

— Tu as bien failli le vexer, n'oublie pas ce que nous a recommandé le patron.

— Mais non, il n'est pas aussi susceptible que toi. Attention, les voilà.

— Bonjour, Messieurs, vous venez rendre visite à ce pauvre Monsieur Mulligan ? Je crois hélas qu'il n'est plus là.

— Nous allons l'attendre, il finira bien par rentrer. D'ailleurs, si vous le permettez, nous aimerions rentrer chez lui, pouvez-vous nous ouvrir la porte de son appartement ? Nous sommes de la police française.

— Je le sais, Monsieur l'Inspecteur Lagrange m'a prévenu. Ce que je peux vous dire, c'est qu'il ne sert à rien de l'attendre, il ne reviendra plus.

— Que voulez-vous dire ? Il est parti où ?

— À cette heure-ci, je crains bien qu'il ne soit arrivé où nous irons tous un jour.

— Vous voulez nous dire qu'il serait mort ?

— D'après ce que je sais, cela ne fait plus aucun doute, à moins qu'un problème ne soit venu jouer le grain de sable. Vous devriez vous renseigner à l'hôpital universitaire de Genève, service d'oncologie. Il est rue Gabrielle Perret-Gentil, pas plus de cinq minutes en voiture. C'était la raison de sa venue ici dans cet immeuble.

— Eh bien nous vous remercions, nous allons certainement avoir besoin de revenir bientôt.

— Je reste à votre disposition si vous avez besoin de moi. Il était tellement gentil, pauvre homme.

— Merci beaucoup.

— Quelle surprise, on ne s'y attendait pas. Peut-on se rendre immédiatement à cet hôpital ?

— Nul problème, je vous y emmène, suivez-moi.

— Bonjour, Madame, ces deux Messieurs sont de la police française, et ils désireraient voir Monsieur Mulligan, sachant qu'il est possible qu'il soit décédé. Pouvez-vous les aider ?

— Bien sûr, je reviens dans quelques minutes.

— Jacques, il nous aura eus jusqu'au bout, je n'en crois pas mes yeux, nous n'avions aucune chance, il avait tout planifié. Il était certainement fou, mais pas idiot. Et l'autre qui le plaint, s'il pouvait se douter qu'il fréquentait un monstre depuis plusieurs années, quand penserait-il ?

— Tu sais Philippe, il arrive fréquemment que les personnes qui croisent ces grands criminels ne s'aperçoivent de rien, car beaucoup d'entre eux se cachent derrière la politesse, c'est tout juste s'ils n'aideraient pas une petite vieille à traverser.

— Messieurs bonjour, je suis le docteur Antoine Rolex, c'est moi qui m'occupais de Monsieur Mulligan. Il souffrait d'un cancer des os depuis quelques années, sans que cela ne l'empêche de vivre, bien que je doive relativiser mes propos. Cette maladie sournoise vous combat lentement jusqu'à vous amener à son issue dans de grandes douleurs que seuls la morphine et le courage peuvent parvenir à aider. Mais avec le temps, je me suis rendu compte aussi que nous ne sommes pas tous égaux dans ces épisodes de notre vie, certains souffrent plus que d'autres. J'ai été très étonné de voir ce que ce patient pouvait accepter, j'avais l'impression qu'il poursuivait un but que rien ne pourrait l'en dissuader. C'était sa force, ce qui le tenait debout.

— Je ne sais pas docteur si connaissant ce qu'il avait préparé, vous auriez encore beaucoup d'admiration pour cet homme-là.

— Je ne suis pas là pour juger les hommes, mais pour les aider lorsqu'ils souffrent. En tout cas, ce que je peux vous dire, c'est quand arrivant au terme de sa maladie, il avait pris contact avec l'association « Dignitas » qui s'occupe d'aider les personnes atteintes d'un mal incurable en phase terminale et qui ne voulant plus souffrir physiquement où psychiquement, désirent quitter ce monde. Vous n'ignorez pas que chez nous, si une personne possédant sans aucun doute ses facultés mentales désire mettre fin à ses jours, elle a la possibilité de demander l'ultime aide dont elle a besoin. Sachant que c'est elle qui s'injectera le produit. C'est ce qu'il avait décidé et qu'il a pratiqué ce matin même. Je suis désolé, mais c'était sa volonté.

— Merci docteur, nous n'allons pas vous déranger plus longtemps

— Pas de chance, toute cette route pour rien, et nous ne sommes pas encore à la maison.

— Que désirez-vous faire maintenant ?

— Si nous pouvions retourner chez lui, il y a certainement des documents susceptibles de nous intéresser. Il est bien convenu que nous ne prendrons uniquement que ce que vous voudrez bien nous autoriser. Nous verrons pour le reste ce qu'il convient de faire. Car cela ne nous concerne pas, c'est l'affaire de nos chefs.

— Je vous emmène. Votre voyage aura été bref, je ne suis pas certain de connaître tous vos griefs face à cet homme, mais j'aimerais bien savoir ce que vous lui reprochez ? Qu'a-t-il fait au juste ?

— Il a éliminé presque toute sa famille, ses parents, son frère et une nièce par alliance ainsi que neuf autres personnes qui ne lui avaient rien demandé. C'est déjà pas mal pour un gentil petit vieillard.

— Tout de même ! Et vous savez pourquoi ? Il devait avoir de gros problèmes psychiques ?

— C'était un psychopathe, il était conscient de ses actes, prudent, il a tout prémédité, sans aucune compassion pour ses victimes. Très manipulateur, il les prenait pour des marionnettes. Enfin, nous nous sommes bien fait avoir, quand je pense qu'il va nous falloir annoncer aux familles de ces pauvres gens, qu'ils n'ont pas eu tout simplement de chance. Qu'ils étaient au mauvais endroit, au mauvais moment. En plus, il va échapper à son procès, sa punition, qui pour les familles représente toujours le dernier acte des évènements qui leur permet d'accepter la perte des leurs. Ça ne va pas être facile de leur faire comprendre que tout est fini. Peut-être trouverons-nous chez lui une lettre qui à ses yeux, justifierait l'ensemble de sa vie.

— C'est dur de comprendre ces personnes dérangées, si rien ne vient nous aider à comprendre leur motivation. Je vous ramène et je vous donnerais un coup de main.

— En fait durant notre enquête, ce n'est qu'à la fin que nous venions de le découvrir. Nous ne le connaissons pas vraiment. Il s'est bien caché pendant toutes ces années. Mon ami juge cet individu sur ce que l'on croit savoir de lui. Il n'est pas évident de comprendre le fonctionnement de ces hommes ou de ces femmes. Quand on s'en tient qu'aux faits, ils nous apparaissent monstrueux, leur manque d'empathie et, je crois, souvent de remords, nous les décrivent comme des êtres froids. Mais à part la folie pure, qui ne conviendrait pas dans ce genre de crimes sur plusieurs années, car le criminel poursuit un but, qu'est-ce qui a bien pu un beau jour, provoquer tout cela ? On ne le saura jamais. Allons-y, s'il vous plaît. On ne va pas perdre de temps ici, si on ne finit pas trop tard, nous pourrions rentrer dès maintenant à Paris.

— Tu es fou ?

— Mais non, nous ferons une halte à Mâcon, je connais un peu la ville. Allez pour l'instant mettons nous au travail, nous cherchons, ordi, albums photos, tout ce qui est susceptible de nous intéresser.

— Je vous laisse faire, je vais prévenir mes supérieurs et le concierge pour nous ouvrir. Puis-je leur dire que vous aimeriez emmener les pièces que vous cherchez ?

— C'est très gentil, je n'osais pas vous le demander, merci beaucoup.

— Tu vois Philippe, ma légendaire bonhomie nous ouvre bien ces portes, prends-en de la graine !

— Ne me fais pas rire, tu veux bien. Je vous l'avais bien dit que nous repasserions, excusez-nous pour le dérangement.

— Ce n'est rien, cela fait partie de mon travail. Voilà, c'est ouvert, je garde les clefs, prévenez-moi dès que vous avez fini que je puisse refermer.

— Bien sûr, vous pouvez compter sur nous. Tu vois ce que je vois, il me semble que notre recherche ne devrait pas être trop longue, on dirait que le ménage a été fait, ce n'est pas croyable. L'appartement est pratiquement vide, nous n'avons plus rien à faire ici. Je vais prévenir ton supérieur, Monsieur le Commissaire. Pendant ce temps, va voir le concierge, essaie de savoir ce qui est arrivé.

— Alors comment se porte mon neveu après cette longue route ?

— Très bien ne t'en fais pas. Nous allons même reprendre la route immédiatement.

— Qu'est-ce qui se passe ?

— Il est mort, ce matin.

— Ce n'est pas possible, comment a-t-il pu disparaître aussi vite ?

— Nous avons vu le toubib qui s'occupait de lui en Suisse à l'hôpital universitaire de Genève, dans le service d'oncologie, où il était traité pour un cancer des os. Même ce dernier avait l'air surpris de voir comment il était arrivé à aller jusqu'au bout de cette sale maladie. Comme pour les meurtres, tout était prémédité, il n'avait rien laissé au hasard. C'est une association agrée par l'état qui aide les malades à aller jusqu'à la fin de leur vie. Elle offre à ses patients le droit de partir dans la dignité, mais surtout de choisir cet instant.

— Oui, je suis au courant, les Suisses ont beaucoup d'avance sur nous. Et je t'avouerais que je me sens proche d'eux et de leur manière d'aborder le sujet.

— Dès qu'il a quitté Londres, il savait qu'il était attendu pour le grand saut. Chez lui, nous n'avons rien pu trouver, l'appartement était presque vide, tous ses meubles et ses affaires personnelles ont été récupérés par une autre association qui se charge de ce travail. Nous allons rentrer, je vais appeler John pour le mettre au courant. Profitez-en pour arrêter sa surveillance. Pour nous, il faudra faire avec ce que nous avons, la seule chose qui me réjouit maintenant est que nous sommes tranquilles, il ne pourra plus nuire à personne. Comme je te l'ai dit, nous partons tout de suite, je pense que nous ferons escale à Lyon.

— Cette affaire, comme toutes les autres, a une fin, grâce à toi et à ton obstination, nous avons résolu, là encore, ce pour quoi la police existe. Je suis fier de toi, et la maison t'en remercie et pour te prouver toute notre gratitude, avec ta tante nous t'invitons à dîner demain soir. Vous êtes libre avec Florence ?

— Je suis très fier d'une telle reconnaissance de l'état français, nous serons enchantés d'être reçus chez votre seigneurie.

— Bonne route et dis à Philippe de m'appeler dès votre retour.

— Je m'empresse de lui faire savoir, il est chez le concierge pour lui rendre les clefs. Tchao.

— Allo Florence ?

— Oui, tu en as mis du temps, comment fais-tu pour ne jamais tenir tes promesses ? Je commençais à me faire du mauvais sang.

— Sois tranquille, nous avons rencontré aucun problème, ce qui m'a mis la tête complètement à l'envers, c'est que notre homme était déjà parti.

— Tu me fais marcher ?

— Mais non, il est mort.

— Comment ? Tu ne vas pas me dire que lui aussi s'est fait descendre ?

— Non, il est mort, comment te dire, de son plein gré, et quand il l'a voulu puisqu'il l'avait commandé de son vivant… Nous reprenons la route immédiatement, je pense m'arrêter à Mâcon et reprendre notre route demain matin.

— OK, fais très attention, et arrête-toi dès que tu le sens. Je me demande ce que je vais bien pouvoir faire ce soir.

— Je te conseille de te reposer, demain, c'est le retour du guerrier.

— Et je voulais te demander, demain soir nous n'avons rien de prévu ?

— Non, pourquoi, tu veux m'emmener au restaurant ?

— Parce que nous sommes invités dans la famille. Je crois que ma tante a très envie de te connaître, ça ne te dérange pas ?

— Au contraire, moi aussi j'ai hâte de les rencontrer chez eux, il est temps que nous nous connaissions mieux, mais justement qu'est-ce que nous pourrions leur amener qui change du sempiternel bouquet de fleurs ?

— Je te fais confiance, tu vas bien dénicher quelque chose qui sorte de l'ordinaire. Bon demain, je devrais être là vers midi, je déposerai Philippe chez lui en arrivant et si nous l'invitions ce Week-end à dîner, tu pourrais en apprendre davantage sur ce qui t'interroge dans sa vie privée.

— Mais non, je rigolais l'autre jour et je te signale que toi aussi tu n'étais pas en reste pour savoir.

— Oui, mais n'empêche que tu aimerais bien savoir. Je lui demande. Maintenant que tout est résolu, nous allons pouvoir souffler un peu. Où en est Jean avec Amazone ?

— Il te le dira lui-même, mais tout est en place, tu le connais ? Il n'attend que ton accord.

— J'ai hâte de rentrer demain, je suis comme fatigué, j'ai envie de te voir, tu me manques tellement et si nous prenions des vacances ?

— Ce serait sympa, mais je ne sais pas si nous pourrons avec cette nouvelle affaire, à moins qu'il n'ait pas besoin de nous, c'est vrai qu'il ne s'agit là que de surveillance après tout. Pense à m'appeler demain matin avant de reprendre la route, tu veux bien ?

— Je mets une alarme sur le téléphone. Voilà, c'est fait. Tiens, Philippe arrive, nous allons pouvoir partir, je t'embrasse.

Le 21 novembre

— Depuis hier, je ne suis pas dans mon assiette. J'ai du mal à accepter cette fin, me faire avoir si près du but m'a bouleversé. Nous sommes partis très tôt et j'arrive à la maison.

— Bonjour tout le monde, quel pays, j'ai bien cru qu'il allait neiger, pas de luminosité, le ciel bas et avec ce froid humide, j'ai bien failli partir au soleil.

— Et tu aurais pu nous abandonner ?

— Non, c'est pourquoi je suis ici. Alors quoi de neuf jeunes gens ?

— Tout va bien, nous étions après mettre les choses au point avec Jean, il pense qu'il peut très bien s'occuper seul du travail pour Amazone. Le rapport devrait être florissant pour notre agence, ce qui devrait lui permettre d'embaucher en CDD, un ou deux adjoints supplémentaires. Tu vois, nous allons pouvoir partir où et quand tu le désires.

— Jean, viens là que je t'embrasse.

— Tu sais que je n'aime pas ces démonstrations d'effusions. Alors, cette fin, elle vous a tous surpris, elle n'était pas attendue, hein. Ce type, c'est quand même pour le moment, le meilleur si je peux le dire ainsi, que j'ai approché avec toi. Il n'a rien négligé, rien oublié, tout était vraiment calculé, il était un vrai métronome, j'aurais presque du respect si je ne connaissais pas ce pourquoi toute cette mise en scène était destinée. On peut presque dire qu'il a gagné, ça me glace le sang de savoir qu'il existe des monstres dans son genre que nous côtoyions sans le savoir. Je comprends que tu sois déboussolé et que tu as besoin d'un peu de repos. Mais bientôt tu retomberas sur un autre tordu, ne t'en fais pas.

— Merci, tu me remontes bien le moral.

— Ce n'est pas ce que je voulais dire, pardon. Mais avoue que tous, vous devez avoir une impression d'avoir perdu et que c'est lui qui a gagné.

— Tu as raison, c'est contradictoire, mais en même temps je n'arrive à être complètement satisfait, j'ai comme un manque. Dans quelques jours tout rentrera dans l'ordre.

— Je voulais te dire, chapeau, Monsieur Jacques. Au début, je ne comprenais pas et ne voyais pas pourquoi tu voulais t'occuper de ces affaires, maintenant je comprends mieux pourquoi il faut te faire confiance comme me l'affirmait Florence, est-ce cela l'intuition ?

— Peut-être, je ne le sais pas, cela peut aussi s'appeler la chance

— Partez tranquille, en attendant j'essaierais d'être à la hauteur. Je vous laisse.

— Tu ne crois pas que nous aussi nous avons eu de la chance de tomber sur un type comme lui ? Enfin, c'est fait. Qu'as-tu trouvé comme cadeau pour ce soir ?

— Pour l'instant je n'ai encore rien. Allez viens, nous allons déjeuner, j'ai fait léger, car je suis sûr que ce soir, vu le gabarit de ton oncle, nous ne devrions pas être déçus, ta tante est certainement une très bonne cuisinière. Et on va rester à l'eau à midi, ce soir devrait rattraper ce manque. Que comptes-tu faire cet après-midi ?

— Je vais contacter les familles qui nous ont fait confiance avant que la presse ne leur apprenne la finalité de cette enquête. Il faut que je puisse parler à Pierre Rolland du Parisien, je lui dois bien quelques informations avant que toute la presse n'en parle. Et toi, que fais-tu ?

— Je sors avec Nicolle, nous allons chercher le cadeau pour ce soir. Profites-en pour réfléchir à la destination de tes rêves, pour notre voyage, et pense bien que nous sommes deux. On en reparle ce soir entre quatre yeux.

— Tu n'es pas encore changé ?

— Comment allait ta copine ?

— Bien.

— Alors tu es prête, nous n'allons pas à un mariage, tu es au courant ?

— Oui, mais regarde-toi, tu aurais pu faire un effort, tout de même.

— Je ne vois pas ton cadeau, où l'as-tu mis ?

— Il est déjà dans la voiture, on y va ?

— Je t'attendais.

— Bonjour, Florence, je suis ravi de faire enfin votre connaissance, mettez-vous à l'aise. Oh, mais que nous apportez-vous ? Jacques, veux-tu rejoindre ton oncle dans le salon, pendant que j'ouvre ce magnifique paquet. Mais que c'est ravissant, et qu'elle bonne idée.

— Sans le savoir, j'étais sûr qu'elle trouverait sa place chez vous. J'imaginais votre intérieur, et je ne suis pas déçu.

— Faut dire que ces luminaires s'intègrent partout, dans l'ancien ou dans le moderne ils trouvent leur place, tellement ils sont beaux. On dirait une lampe de la maison Charles.

— Hélas ce n'est qu'une copie, mais de loin, elle peut être trompeuse.

— Vous êtes adorable, je vous remercie Florence, vous devez avoir beaucoup de goût. Vous voyez, sur cette commode, je pense qu'elle sera à sa place. Rejoignons tout le monde, on s'en occupera tout à l'heure.

— Je vous suis, mais Philippe est là.

— Et je vous présente sa femme, Sophie.

Personne ne comprit à ce moment-là que croisant le regard de Jacques, nous partîmes dans un fou rire. La soirée fut très sympa et je suis sûr que Sophie deviendra une bonne camarade.

Imprimé en France
Achevé d'imprimer en juin 2025
Dépôt légal : mai 2025

Pour

Le Lys Bleu Éditions
40, rue du Louvre
75001 Paris